エリート極道の独占欲

ラヴ KAZU

文芸社

エリート極道の独占欲　目次

エリート極道の独占欲

第一章　俺は極道

「俺の女になれ」

龍一はめぐみをソファに押し倒し、唇を重ねた。

舌が割り入れられて、身体が熱くなってきた。

（私、どうなっちゃうの。）

めぐみははじめての経験で戸惑っていた。

龍一の唇は首筋を捉えて、強く吸った。

「あ、痛い」

龍一はバスローブの襟元を大きく開けて、露わになった胸の膨らみを鷲掴みにして大胆に揉んだ。

「ああ、う～ん」

（私は感じているの？）

さっき知り合ったばかりなのに、この男性のことは何も知らない。

一つだけ分かるのは、極道だということ。

めぐみをソファに押し倒して、龍一がバスタオルを床に落とし上半身裸になった時、刺青が目に入った。

（それじゃあ、私は極道の男に襲われてるの？　違う。）

俺の女になれと言われて、頷いた。

龍一の手はめぐみの太腿に触れて、足が大きく開き、龍一の指がめぐみの中に入ってきた。

その部分は、すでにトロトロに溶かされており、スッと指は入った。

（何が起きたの？　ああ、気持ちいい。）

「気持ちいいか」

「はい、すごく」

「素直だな、もっと良くしてやる」

そう言って龍一は指を動かしはじめた。

「ああ、いや、あ〜っ」

「いやじゃなく、もっとだろ」

「もっと」

背中がのけぞり、胸を突き出した。

指を動かしながら、露わになった乳頭を舐め上げた。

「もう、ダメ、身体が震えてきちゃう」

「いいぞ、最高の気分を味わえ」

龍一の指の動きが激しさを増した。

「ああ、あ〜ん」

はじめて味わう気分に、めぐみは最高潮に達した。

龍一は大きくなっている自分自身を、めぐみの股を大きく開き押しつけた。

「俺を受け入れろ」

少しずつ、龍一がめぐみの中に入ってきた。

指とは比べ物にならないくらいに大きい彼自身の熱量は半端ではない。

そして、龍一は激しいキスをした。

すると不思議なことにさらに彼自身がめぐみの奥深いところまで入った。

「気持ちいいか」

「はい、とても」

「よし、動くぞ」

龍一はそう言って、激しく動きはじめた。

指の時とは違う、どんどんと気持ちが高揚して一番高いところまでたどり着いた。

この日めぐみははじめてを経験した、極道の彼と……


牧瀬めぐみは、三十九歳まで男の人と触れ合ったことがなかった。

下町通り商店街振興組合会長を父に持ち、母はめぐみが小さい頃他界した。

お嬢様ではないが、世間知らずだ。

最近、父親は過労で入院を余儀なくされた。

それは下町通り商店街に立ち退きを命じられているため、その話し合いにとことん疲れ果てたのだ。

この日、めぐみは入院した父の代わりに話し合いに向かった。

「おい、龍一、いつまで手こずってるんだ、さっさと立ち退きの書類にサインもらってこい」

「了解しました」

龍一が向かった先はある高級料亭の一室。

「遅くなりました」

通された部屋に入ると、そこには戸部建設副社長、戸部弘毅と立ち退きを迫られている商店街振興組合会長の娘が話し合いの真っ最中だった。

「めぐみさん、簡単なことです、僕と結婚してくれたら、商業施設建設の際には全ての商店街の方々の店を組み込みます」

「申し訳ありませんが、結婚をお受けすることは出来ません」


高沢組若頭、鷹見龍一は、中学を卒業してこの世界に足を踏み入れた。

万引き、窃盗、恐喝、生きていくためになんでもやった。

龍一は孤児院で育ち、親の愛を知らない。

何度警察に世話になったか分からない。

七月二十一日で十八になった時、高沢組長と出会った。

「おい、うちにこい」

高沢組は任侠集団だ。背中に龍の刺青を背負ってるが、組長の考えは人様に迷惑をかけるな、役に立つことをいつも心がけろとの教えだ。

龍一は今は若い奴らの教育係だ。

立ち退きを迫られているこの商店街は、古くから店を構えている個人商店ばかりだ。

この場所に商業施設の建設計画が持ち上がっており、戸部建設が仕事を請け負った。

ところが、立ち退きがうまくいかず、高沢組へ仕事が回ってきたというわけだ。

（副社長はこの女に結婚を迫っているのか。）

「おい、あんたからも説得してくれ、めぐみさんは僕の言うことが理解出来ないようだ」

龍一がめぐみをじっと見た時、めぐみも視線に気づいたのか、龍一を見た。

これが龍一とめぐみの出会いだ。

副社長はしびれを切らしたのか、いきなり立ち上がり、めぐみに近づいた。

腕を掴んで、押し倒した。

「やめてください」

「君は僕のものになるんだ」

めぐみは龍一に視線を向けて助けを求めていた。

「おい、やめろ」

龍一は副社長をめぐみから引き剥《は》がした。

「何をするんだ」

「馬鹿か、そんなことして訴えられたら困るのはあんただろ」

副社長は龍一の言葉で我に返り、気まずそうにその場を後にした。

「ありがとうございました」

めぐみは龍一に深々と頭を下げた。

「あんた、気が強いな」

「自分の意見を言えないようなら、あの副社長にいいように扱われます」

「でも、結婚に承諾しないと建設計画の商業施設に組み込んでもらえないぞ」

「商業施設建設は中止には出来ないんでしょうか」

「それは無理だな」

「そうですか、私が副社長と結婚するしか手はないのですね」

めぐみは俯いた。

「一つだけ方法がある」

「えっ、それは何でしょうか」

「俺の女になれ」

めぐみはわけが分からないような表情を見せた。

「俺の女に手を出すほど、あの副社長は勇気はないだろう」

（この男性は確かに威圧的で権力者のようだ。どこの誰だろう。）

めぐみはその男性のことは分からないが、なぜか惹かれはじめていた。

こんな気持ちになったのははじめての経験だ。

危ない、近づいてはいけない雰囲気を醸し出していたにも拘らず、どうしても龍一を知りたい、もっと一緒にいたいと思った。

「あなたの女になります」

「おい、言ってる意味分かってるのか」

「分かりませんけど……」

「分からないで即答していいのか」

「大丈夫です」

龍一は鼻で笑って、口角を上げた。

「だって、それしか方法はないんですよね」

「そうだな」

「それではよろしくお願いします」

「じゃあ、早速服を脱げ、品定めしてやる」

「ここでですか」

（なんとなくだが、この男性の女になるということは、私を抱こうとしているのだろう。経験はないが、知識くらいはある。

この男性は経験豊富のようだから、私のはじめてをうまくリードしてくれるかもしれない。）

一番はめぐみがその気になっていること。

三十九年間、その気にさせてくれた男性は現れなかった。

（この男性を逃したら、私は副社長と結婚して抱かれることになる。

副社長に抱かれるくらいなら、死んだ方がましだ。

でも、この男性なら、抱かれてもいい。)

一瞬にしてめぐみの心を盗み、その気にさせた、抱かれたいと……

「早くしねえか」

「あなたのマンションに連れて行ってください、私の裸を見て興奮しちゃうかもしれないでしょ」

龍一は大声で笑い出した。

「おもしれえこと言うじゃねえか、この俺様をその気にさせる自信があるんだな」

(自信なんてない。)

「これでも私、脱ぐとすごいんですよ」

(完全にハッタリだ、胸は小さく、肌もみずみずしいとは言えない、しかもはじめてだから感じなかったらどうしよう。)

不安だらけだが、ここまできたらもう、先に進むしか道はないと思った。

「じゃあ、俺のマンションに行くぞ」

「その前にご飯食べに連れて行ってください」

(この女、すげえ惹かれる。)

益々興味が湧いてきた。

龍一はめぐみと食事に出かけた。

「私、牧瀬めぐみと申します、あなたは？」

「俺は鷹見龍一だ」

運転手付きの高級車に乗っている。

（どこかの役員クラスかな。まさか、極道の組長？

いやいや、まさかね、極道の女なんて、私、この先客取って商売の道にまっしぐらなんてことにならないよね、やだ、こんなおばさんは誰も抱きたいと思わないか。

えっ、ということは、鷹見さんもその気にならなくて、私は追い出されちゃうのかな。）

「早く食え、俺にめぐみの裸見せてくれて、興奮させてくれるんだろう」

「はい、楽しみにしてください」

ハッタリをかましためぐみは、この先どうなってしまうのか。

想像もつかないまま、鷹見のマンションに連れて行かれた。

「入れ、シャワー浴びてこい」

めぐみはシャワールームに案内された。

大理石を使っているシャワールームはなんて豪華な空間だろうか。

シャワーヘッドはピカピカに輝いている。

まるでホテルのようだ。

シャワーの水が肌を弾く、ならいいが水が肌を流れていく感じ。

（もうダメ、全く興奮しないなんて言われたらどうしよう。）

「ありがとうございました」

めぐみはバスローブに身体を包み、リビングに出てきた。

「裸になってベッドに横になってろ」

（そんなの無理、私の理想はキスをして、一枚ずつ脱がされて、あっ、バスローブだけしか身につけていないんだった。）

とにかく、鷹見が出てくるまで待っていようと決めた。

そしてめぐみははじめてを経験した。

めぐみの身体をベッドに運び、またキスからはじまる蕩《とろ》ける愛撫。

「めぐみ」

「めぐでいいですよ」

「それじゃあ、めぐ、これから俺の言うことをよく聞くんだ」

「はい」

「たった今から、俺以外の男に抱かれたら、めぐもその男も命はないと思え、いいな」

めぐみはポカンとして返事をしなかった。

「返事は」

「はい」

「俺の女として合格だ」

「えっ、うそ」

鷹見はめぐみの言葉に不思議そうな表情を見せた。

「鷹見さん、気持ちよかったですか」

「ああ」

「そうなんだ」

そしてめぐみの唇にキスを落とした。

そして舌を入れてきた。

クチャ、チュっといやらしい音が耳に響いて、頭がクラクラしてきた。

めぐみの腕を頭の上にクロスして、押さえつけた。

そのまま胸を舐め上げた。

「いや〜ん、もうダメ」

「ダメじゃねえ、俺はもっとめぐを抱き潰す、これくらいじゃ満足出来ねえ、これから毎晩、俺に抱かれろ」

そして朝まで身体を重ねた。

気がつくと白々と夜が明けていた。

鷹見はうつ伏せに寝ていたので、背中の刺青がはっきり見えた。

（なんて綺麗なの。）

めぐみはそっと刺青に触れてみた。

ピクっと鷹見の身体が反応して「くすぐってえな」そう言って起き上がった。

「めぐ、おはよう」

「おはようございます」

鷹見と見つめ合うと、さっきまでの抱擁が走馬灯のように蘇る。

「今夜もめぐを抱く、覚悟しておけ」

「えっ、無理です、二、三日お休みしましょう」

「冗談じゃない、そんなこと出来るか」

「出来ますよ」

鷹見はめぐに溺れた。

（こんな思いははじめてだ、抱いても、抱いても、終わりがこねえ。

絶対に他の男に触れさせたくねえ。

めぐは俺のものだ。）

（柔らかい肌、ピンクに色づく胸、感じる時の喘ぎ声、キュッと締まるあそこは堪《たま》んねえ。

動かさないうちに達しちまいそうになる。）

朝食を済ませて、鷹見はめぐと一緒に戸部建設副社長の元に出向いた。

「めぐみさん、僕との結婚を承諾してくれるんですね」

鷹見はすかさず口を挟んだ。

「ばかやろう、めぐは俺の女になった、手を出したら命はないと思え」

「えっ、それはめぐみさんは承知なのか」

めぐは「はい」と返事をした。

「そんな、なんということだ」

副社長は頭を抱えた。

鷹見とめぐは戸部建設を後にした。

マンションに戻ると、めぐが心配そうな表情を見せた。

「あのう、戸部副社長との結婚は回避出来ましたけど、商業施設建設は予定通り行われるんですよね、商店街の人たちは追い出されちゃいますよね」

「それは仕方ないな」

「なんとかならないですか」

「分かった、なんとかしてみる」

「本当ですか」

めぐの表情がパッと輝いた。

鷹見はめぐの腕を引き寄せ、唇を奪った。

「んん～ん」

（俺がキスした時のめぐの色っぽい声はたまんねえ。）

一瞬唇が離れて、めぐはキョトンとした表情を見せた。

「なんて顔してるんだ。お前は俺の女なんだから、いつ唇を奪おうが、セックスしようが俺の勝手だ、お前は逆らえない」

「違います」

「違う？」

（こいつはなにを言いたいんだ。）

「逆らう気持ちはありません、副社長から助けていただいたのは感謝していますから。でもいつも鷹見さんは急なんですもの、びっくりしただけです、このタイミングでキスしたくなるんだって、不思議に思って」

「お前の表情が可愛くて、全てを奪いたくなった、それだけだ」

めぐは頬を真っ赤に染めて恥ずかしがっていた。

鷹見はめぐを抱き上げ、ベッドルームへ運び、ベッドに身体が沈んだ。

めぐの身体に覆いかぶさり、ブラウスを引きちぎった。

ボタンが勢いよく飛び散った。

めぐの首筋に荒々しいキスをした。

「ああ、鷹見さん、ちょっと待ってください」

「待てねえ、俺を昂《たかぶ》らせたのはお前だ」

鷹見はブラジャーを下げて、プルンと露わになっためぐの胸を舐め上げた。

「ああ、いや」

「いやじゃないだろ、気持ちいいって顔してるぞ」

めぐは最高に感じていた。

はじめて鷹見に抱かれた時よりも、感じている。

胸を大きく揉まれた。

(私の身体どうなっちゃうの?)

鷹見はめぐのスカートを剥ぎ取り、下着を脱がせて、一糸纏《まと》わぬ姿にした。

鷹見の指がめぐの中に入ってきた。

「いいか、他の男に触れさせるな、分かったか」

めぐは頷いた、声が声にならない。

鷹見はめぐの耳元で囁く。

「めぐ、お前はこの俺を本気にさせた唯一の女だ、俺に抱かれて喜びを味わえ、忘れられない思いをさせてやる」

「鷹見さん」

めぐは鷹見の抱擁に酔いしれた。

鷹見以外考えられなかった。

毎日、鷹見に抱いてほしいと身体が求めた。

はじめは鷹見の背中に爪を立てて、痛みを感じたが、回数を重ねるごとに、その痛みは快感に変わって行った。

気持ちよくなりたいと思いはじめていた。

胸もあそこもジンジンして、荒々しく壊れてしまうほど抱きしめてほしい。

めぐは鷹見のいない人生は考えられなかったのである。

「今日から仕事があるから、大人しく留守番していろ」

「分かりました」

「じゃあ、行ってくる」

「はい、いってらっしゃい」

(なんか、夫婦みたい。)

そう思うと顔が真っ赤になるのを感じた。

鷹見はめぐの真っ赤な顔をみて「めぐ、俺に抱かれたことを思い出してたのか」と顔を覗き込んだ。

「違います」

そう言って鷹見の顔を見つめると、ふいにキスをされた。

一人で留守番なんて、今まで全然平気だったのに、急に不安になった。

めぐは思わず自分の気持ちを言ってしまった。

「鷹見さん、早く帰ってきてくださいね」

「なんだ、寂しいのか」

「はい」

めぐは恥ずかしくなって俯いた。

（こいつは俺の気持ちをギュッと掴むのがうまいのか。）

めぐの腕を掴んで引き寄せ抱きしめた。

「鷹見さん」

鷹見は今まで感じたことがない気持ちに戸惑った。

「なるべく早く帰る、いい子にしてろよ」

めぐのおでこにキスを落とした。

第二章　お前は俺の命だ

それから程なくして、高沢組組長に呼ばれた。

めぐも一緒に連れてこいとのことだった。

「めぐ、明日、高沢組組長の屋敷に向かう、一緒に来てくれ」

「私もですか」

「多分、戸部建設の一件だろう」

戸部建設副社長にめぐを諦めるように言ったことで、組長に直接クレームが来たんだろう。

でも、鷹見はめぐを渡す気はさらさらない。

鷹見とめぐは高沢組組長の屋敷に向かった。

めぐは車から降りると、固まって動かなくなった。

ずらっと、高沢組の組員が、鷹見を出迎えていたからだ。

「若頭、お疲れ様です、組長がお待ちかねです」

鷹見が歩きはじめると、めぐが鷹見を呼び止めた。

「鷹見さん」

めぐの方に振り向くと、めぐは一歩も動けず、目にいっぱいの涙を浮かべていた。

鷹見はめぐに近づき、ひょいと抱き上げて屋敷の入り口に向かった。

めぐは鷹見にしっかりしがみついて胸に顔を埋《うず》めた。

「どうした、震えているのか」

「だって、怖いんです」

「てめえら、めぐが怖がってるじゃねえか、後ろ向け」

「失礼しました」

高沢組組員は一斉に背中を向けた。

「もう大丈夫だ」

鷹見がめぐを下ろそうとするが、めぐは鷹見から離れようとしない。

まるで子供が駄々をこねているみたいに、鷹見の首に回した手を解こうとはしなかった。

鷹見はそんなめぐが愛おしくて仕方がなかった。

そのまま、屋敷の部屋に入った。

組長の部屋の前に来た時、流石《さすが》にこのままめぐを抱いて入ることは出来ず「めぐ、一旦お前を下ろす、聞き分けてくれ」そう言って、めぐを下ろした。

(どうしよう、私はとんでもないところに来てしまったんじゃないだろうか。

当たり前だけど、鷹見さんは極道なんだ、高沢組の若頭。

これから、高沢組の組長と会うって、私どうなっちゃうの。)

鷹見の車から降りると、ずらっと並んだ高沢組の組員たち。

どこからどう見ても極道。

しかも半端ない数で、鷹見が車から降りると、一斉に頭を下げて「お疲れ様です、若頭」と挨拶した。

こいつは誰だ、なんで若頭と一緒にいるんだと言わんばかりにめぐを睨む。

(嘘だ、夢なら早く覚めて。でも、これが現実。全ての人が敵に見えてしまう。)

鷹見が唯一味方のような気がして、彼の手をギュッと握った。

鷹見は、めぐを見つめて「大丈夫だ、俺から離れるな」そう言ってニッコリ微笑んだ。

「失礼いたします、鷹見です」

「入れ」

部屋の襖の奥から、低くてどすの効いた声が聞こえてきた。

高沢組組長と初顔合わせ。

ドキドキ、めぐの心臓は今にも飛び出してしまいそうなくらいだった。

部屋に入ると、目の前に座っていたのは、優しい雰囲気のおじいちゃんという感じの老人だった。

めぐを見つめてニッコリ微笑んだ。

「鷹見、精進しておるか」

「はい」

「そうか、隣にいるのが、牧瀬めぐみさんかな」

「はい、自分の命です」

「そうか」

(命って、鷹見さんはなにを言っちゃってるかな。

私、挨拶しないとダメだよね。)

「はじめまして、牧瀬めぐみと申します」

(やだ、声がうわずってどうしていいか分からないよ。)

「お嬢さんはおいくつかな」

「三十九になります」

「ほお、もっと若いかと思ったが、もっとわしのそばに来て顔をよく見せてくれ」

めぐはちょっと組長に近づいた。

その時、組長の手が伸びてきてめぐの顎をクイっと上げた。

その時、鷹見がすかさず言葉を発した。

「失礼を承知で申し上げます、めぐに触れないでいただきたい」

その言葉で辺りの空気がぴーんと張り詰めた。

組長はスッと手をひいた。

「すまん、すまん、あまりにも可愛らしい顔をしていたんでな、つい、年寄りだと思って勘弁してくれ、鷹見、相当熱を上げてるようだが、本気か」

組長は鷹見に問いただした。

「はい、本気です」

「そうか、実はな、戸部建設副社長からクレームが入ってな、どういうつもりかとお叱りを受けた」

「申し訳ありません」

「今後戸部建設の仕事は断る方向でいいかな」

「はい、もう一つお願いがございます」

「なんだ」

「あの、商業施設の仕事を自分が任せていただいている会社で請け負いたいのですが」

（えっ、自分が任せてもらってる会社？）

(鷹見さん社長さんなの?)

「鷹見建設で請け負うのか」

(鷹見建設?)

「問題はないが、交渉が難航しないという自信はあるのか」

「はい、お任せください」

「分かった、それと、ちょっとお嬢さんと二人にしてくれんか」

「えっ」

「手はつけんから安心せえ」

「承知いたしました」

鷹見は部屋を後にした。

「さて、お嬢さん、鷹見を好いておるか」

めぐはどう答えていいか迷っていた。

「よく、分かりません」

「では質問を変えよう、鷹見に抱かれて嫌じゃないか」

(鷹見さんに抱かれてって、なんでもお見通しってこと。)

めぐは、はっきり答えた。

「嫌じゃありません」

た。

「鷹見の側《そば》にずっといたいか」

(なんでこんなに質問攻めなの。)

側にずっといたいかと言われて、ずっと共にいたいと思い「ずっといたいです」と答えた。

「そうか、そうか」

「あのう……」

めぐは鷹見が社長かどうか知りたくて組長に聞いた。

「なんだね」

「鷹見さんは鷹見建設の社長なんですか」

「そうだ、知らなかったのか」

(やっぱりそうなんだ。それじゃあ、二つの顔を持ってるってこと。)

「鷹見さんは高沢組の若頭なんですよね」

「表向きは社長、裏では高沢組の若頭だ」

(そうなんだ、だから戸部建設の商業施設建設に関わっているの？)

そんなことを考えていると組長はまた質問してきた。

「鷹見が極道だということに抵抗はないのか」

(鷹見さんは極道、抵抗はない、普通の男性と変わりない、背中の刺青を除いては。)

「ありません」

「そうか」

その時、組長は廊下に向かって叫んだ。

「動物園のクマじゃあるまいし、ウロウロしているんじゃない、入れ」

「失礼します」

鷹見が入ってきた。

「全く、そんなにお嬢さんが大事か」

「はい」

鷹見の言葉にめぐは驚いた。

「よし、帰ってよい」

「失礼いたします」

鷹見とめぐはマンションへ戻った。

めぐは鷹見に聞いてみた。

「戸部建設の商業施設建設の仕事を請け負うって、どういうことですか」

「そのままの意味だ」

「鷹見さん、社長さんなんですか」

「ああ、今は極道って言っても、それは裏の顔で、表向きはちゃんと仕事をしている、堅気の仕事と変わりない」

(そうなんだ、確かに裸にならなきゃ刺青も分からないし、スーツを着こなしている鷹見さんは、どっからどう見ても、堅気にしか見えないよね。

まさにエリート極道って感じだもの。)

「めぐ、組長の話はなんだったんだ」

「あ、鷹見さんの側にずっといたいかと聞かれました」

「なんて答えたんだ」

鷹見はめぐをじっと見て答えを待った。

「ずっといたいですって答えました」

「そうか」

鷹見は、なにか安心したようなホッとしたような表情を見せた。

「それから、極道に抵抗はないかって聞かれたので、ないですって答えました」

「めぐ、お前を一生離さないから覚悟しろ」

鷹見はめぐを抱き上げて、ベッドルームへ運んだ。

キスから、胸の愛撫へ激しさは増し、あっという間に身につけていた衣服は剥ぎ取られ一糸纏わぬ姿にさせられた。

鷹見の唇はめぐの太腿を強く吸った。

痛い感覚から感じる感覚へ移って、大きく股を開かされて、感じる部分に顔を埋めた。

「いや、ダメ」

「すぐに気持ち良くしてやる」

鷹見は舌で舐め上げると、蜜が溢れ出し、指を入れた。

「ああ、あっ、ううん」

めぐは全身が震えて、もっと奥まで感じたいと願っていた。


鷹見は建設会社の仕事である商業施設建設を請け負うため、戸部建設と交渉を開始した。

戸部建設副社長は交渉には応じず、難航を極めた。

鷹見は毎日忙しくて、めぐは先にベッドに入る日々が続いた。

そんなある日、マンションのインターホンが鳴った。

「はい」

「はじめてお目にかかります、鷹見建設会社の冬木斗真と申します、社長から頼まれましてめぐみ様の様子を見に参りました」

「すぐ、開けます」

めぐはオートロックを解錠した。

その男性は入り口で、また挨拶をした。

「いつも社長がお世話になっております」

その男性はじっとめぐを見つめたまま、動かなかった。

「お世話になってるのは私の方です、牧瀬めぐみと申します」

スーツがよく似合う、メガネをかけた堅気にしか見えないその男性は、しばらくしてから言葉を発した。

「社長から話を聞いてどんな女性か想像していました。想像以上です、社長が惚れ込んだのが納得いきます」

「あのう」

「失礼いたしました、何か困っていることがありましたら何なりと申し付けください」

「特にありません」

「そうですか」

(この人も極道なのかな、もしかして堅気?)

どうしても気になったので聞いてみることにした。

「あのう、冬木さんも極道の方ですか」

「はい」

「見えないですね」

「そうでしょうか、これでも背中に刺青背負ってます、ムショにも世話になったこともあります」

「そうなんですか、恋人の方はどんな感じの女性ですか」

「今はいません」

めぐは思い切って鷹見に聞けないことを聞いてみた。

「あのう、鷹見さんは女の人がたくさんいるようなんですが、皆さん若くて可愛らしい方々なんですよね」

「めぐみさんだけだと聞いてますが」

「でも、三週間くらいしてないから、ほかの女性を愛しているのかなって思って」

「そうですか、三週間全く、女の影はありませんでしたよ」

「そうですか、よかった」

「ではこれで失礼します」

（なんて可愛らしい女性なんだ。）

冬木にそんなふうに思われたなんて、めぐは想像もつかなかった。

第三章　狙われためぐ

この日は鷹見は早く帰ってきた。

「おかえりなさい」

鷹見はただいまも言わずにめぐの唇を塞いだ。

激しいキス、いきなり舌を入れて強く抱きしめられた。

「鷹見さん、待ってください」

「待てだって、三週間待ったんだ、これ以上待てるか」

めぐを抱きかかえて、寝室のベッドに押し倒した。

「めぐ、めぐ」

何度も名前を呼ばれて、身体が熱くなってきた。

鷹見の唇はめぐの首筋を這う、そして洋服を脱がされて、ブラジャーのホックを外し、プルンと溢れた胸を強く吸った。

「ああ〜っ、んん」

久しぶりだったからか、胸の愛撫だけで最高潮に達した。

「めぐ、感度がいいな、こっちも触ってほしいだろう」

鷹見はめぐの股を大きく広げて、顔を埋めた。

めぐは喘ぎ声をあげた。

トロトロに溶かされて、蜜が溢れ出した。

鷹見はいきなり、自分自身をあてがい、めぐの中に入ってきた。

めぐの身体の中は、鷹見自身の形になっていった。

食事もせず、めぐと鷹見は朝まで身体を重ねた。

「めぐ、もっとお前の喘ぐ声を聞きたい」

「もう、鷹見さんったら」

そんな鷹見の気持ちが嬉しくて、いつまでもこの幸せが続くと疑わなかった。

「めぐ、戸部建設会社の副社長の動向が気になる、十分に気をつけるんだ、分かったな」

「はい」

めぐは自分に危険が迫っているなど予想も出来なかった。

そんなある日、冬木がマンションにやってきた。

「買い物などめぐみさんに付き合うように、社長に頼まれましたので、一緒に出かけましょう」

「あ、ありがとうございます」

めぐは冬木と駐車場に向かった。

「あのう、この間、久しぶりに鷹見さんに抱いてもらいました」

「そうですか、それはよかったですね」

「冬木さんが言ってくれたんですか」

「自分はなにも言いませんよ」

「そうなんですか」

その時、油断していた冬木は、後ろから羽交い締めにされて、脇腹をナイフで刺された。

「冬木さん」

めぐは人相の悪い連中に腕を掴まれ、車に押し込まれた。

「助けて」

冬木は脇腹を刺されながらも、めぐを助けようと車から引きずり出した。

そこに騒ぎを聞きつけたコンシェルジュ河本が警察を呼んだため、奴らはその場から逃げ去った。

「めぐみさん、怪我はないですか」

「私は大丈夫です、冬木さんが怪我を、どうしよう」

コンシェルジュ河本が救急車を呼び、冬木は病院へ運ばれた。

めぐは冬木の手を握って、ずっと側を離れなかった。

鷹見はすぐに病院にかけつけた。

「めぐ、冬木、大丈夫か」

「鷹見さん、冬木さんが、私の責任です、どうしよう」

めぐは鷹見に抱きついて、胸に顔を埋めて声を殺して泣いた。

鷹見はめぐを抱きしめたまま、冬木の顔を覗き込んだ。

「社長、すみません、めぐみさんは怪我はないと思いますが、怖い思いをさせてしまいました、自分の責任です」

「いや、俺の考えが甘かった、すまん。戸部建設副社長が雇った奴らだろう、めぐを守ってくれて感謝する」

「めぐみさんを連れ去ろうとしたので、阻止出来てよかったです」

鷹見は深々と頭を下げた。

「社長、やめてください、この先めぐみさんを守れず申し訳ありません」

鷹見はこの先、めぐを守る方法に困惑していた。

これ以上、手下に危害を与えるわけにはいかない。

めぐをマンションに閉じ込めておくことも出来ない。

そんな鷹見の気持ちを分かったかのように、めぐはマンションから出たくないと言い出した。

「鷹見さん、私ずっとここにいてもいいですか、外には出たくありません」

「ああ、めぐが大丈夫ならその方が危険がない」

鷹見は安堵したが、めぐにしてみたら相当のショックのようだった。

めぐから笑みが消えた。

冬木を刺したのは戸部建設副社長が雇った森山組のチンピラだった。

鷹見は森山組の組長に会いに行った。

「組長、高沢組の若頭、鷹見さんが組長にお目通り願いたいとのことですがどういたしましょうか」

「入ってもらえ」

鷹見は座敷に通された。

「高沢組の若頭さんが何の御用かな」

「そちらのチンピラにうちの組員が刺されて、重症をおったんだが、どう落とし前つけてくれるのかと思いまして」

「それは確かな情報かね」

「はい、戸部建設副社長に頼まれて、俺の女を狙ったようなんだが、助けに入ったうちの冬木が入院するほどの怪我を負わされたんです」

森山組組長はしばらく考えていたが、すぐにめぼしい組員を呼び付け、事情を把握した。

「すまんな、うちの若いもんは血の気が多くていかん、そちらさんのようにエリートじゃないからな」

「戸部建設副社長の差し金なんだが、今後手出しは無用で願いたいのですが」

「分かった、そちらの組長さんは元気かね」

「はい、おかげさまで元気にしております」

「そうか、今度さしで一杯いかがかなと伝えてくれ」

「承りました」

「鷹見、うちにきてひと暴れする気はないか」

「ありがたいお話ですが、マジな女がいるんで、世のため、人のためという高沢組組長についていく気持ちに変わりはありません」

「そうか」

「では失礼いたします」

鷹見はその場を後にした。

マンションに戻る前に冬木の様子を見に行った。

「社長、お忙しいところ申し訳ありません」

「なに言ってるんだ、お前がめぐを助けてくれなければ、めぐはどうなっていたか、想像すると背筋が凍る思いだ」

「めぐみさんは大丈夫ですか」

「全く表情がなくなった」

「自分が刺されたのを見て、相当のショックだったようです」

「俺達は慣れてるが、めぐにしてみれば、目の前で人が刺されて血の海になったんだからな、気が動転するのが当たり前だな」

「めぐみさんを見てやってください」

鷹見は病院を後にした。

第四章　めぐの中に存在しない俺

マンションへ戻ると、部屋は真っ暗で、ぽつんとめぐが座っていた。

「めぐ、ただいま、どうしたんだ、電気もつけないで」

めぐはじっと鷹見を見つめてなにも言わない。

鷹見はめぐの腕を引き寄せ抱きしめた。

「いや」

めぐは恐怖におののくような眼差しで鷹見を見つめた。

少しずつ、後退《あとずさ》りして、鷹見から離れようとしていた。

「めぐ、俺のことが分からないのか」

鷹見は焦りを感じて、思わずめぐの腕を掴んだ。

「いや、離して、いや、いや」

「めぐ、俺のこと分かるか」

めぐはゆっくりと顔を上げて鷹見を見上げた。

「誰ですか？」

鷹見は愕然とした。

（あまりにもショックが大きすぎて、パニックを起こし、記憶がなくなったのか。）

鷹見は急いで病院へめぐを連れて行った。

診察の結果、心的外傷後ストレス障害ＰＴＳＤと診断された。

「あまりにも非現実的な出来事に心がついていけなくなったんだな」

「俺のことも分からないんだ」

「全て関係のある事柄や場所、人物は嫌な記憶に結びついてしまうからな」

「どうすればいいんだ」

「冬木の事件の現場にいたのか」

この医者は極道もんを診てくれる、貴重な存在の医者だ。

だから冬木の事件のこともよく知っている。

「お前は一緒にいたのか」

「いや、俺はその現場にはいなかった」

「そうか、しばらく冬木と彼女を会わすなよ」

「分かった」

「お前はこのお嬢さんとどういう関係だ、まさかお前の女じゃないよな」

鷹見は答えに詰まった。

「どうやって堅気のお嬢さんと知り合ったんだ、どうやって口説き落としたんだ」

「表の仕事関係だ」

「そうか、お前が極道だと知っているのか」

「ああ、伝えたからな」

「お前をどう思ってるのか、確かめたか」

「そんなのいちいち確かめねえよ」

医者は大きなため息をついた。

「全く、お前は表の顔と裏の顔が全然違うんだな」

「俺は抱きたいから抱く、それだけだ。めぐを連れて帰っていいのか」

「ばかやろう、そんなこと出来るわけねえだろ、彼女とは別れろ」

「はあ？」

「ちょうどお前の記憶はないんだ、普通の生活に戻してやれ」

鷹見はめぐを手放したくなかった。

でも、めぐの状況を考えると、そんなことも言ってられなかった。

とりあえず医者の指示に従った。

「めぐは戸部建設副社長に狙われているんだ、責任持ってかくまってくれ」

「分かった」

鷹見はめぐと別れる決心をした。

（めぐ、堅気の生活に戻って幸せになってくれ。）

鷹見は女と別れる寂しさをはじめて味わった。


めぐはあの日この病院へ連れてきてくれた男性が気になっていた。

なにも思い出せない。

でも、あの男性はなぜか気になる存在だった。

どうして一緒にいたのか。

めぐにとってどういう人なのか。

名前は？

この病院には先生と看護師がいるだけ。

その看護師に聞いてみることにした。

「あのう、私をここに連れて来てくれた男性の名前を知っていますか」

「龍ちゃんのこと？」

「龍ちゃん？」

「そう、鷹見龍一よ」

「なにをしている方ですか」

「え〜っと、鷹見建設の社長さんよ」

（社長さん？

　全然思い出せない。）

　この病院の患者は特殊な人ばかりだ。

　めぐは看護師に聞いてみた。

　看護師の名前は玲《れい》、可愛くて、キャピキャピのギャルって感じである。

「玲さん、あのう、この病院の患者さんは特殊ですね」

「ああ、先生、裏稼業の人を診る先生なの」

「裏稼業？」

「極道の人、ヤクザよ」

「えっ、ヤクザ」

「龍ちゃんも裏の顔は極道よ、高沢組の若頭だから」

　めぐは開いた口が塞がらなかった。

（極道の若頭？）

めぐは戸惑いを隠せなかった。
（通りすがりで助けてくれたんだ。
極道の若頭と私は接点ないもの。
後から助けたお礼しろなんて言われたらどうしよう。）
それでもめぐは鷹見に会いたかった。
スマホで高沢組を検索してみた。
（任侠集団なんだ。
世のため、人のためが組長の教え。
だから私を助けてくれたんだ。）
めぐはスマホのアドレスを開いてみた。
（鷹見龍一）
めぐのスマホのアドレスには、高沢組若頭、鷹見龍一の名前だけ。
（なんで、どうして。）
めぐは思い切って電話をしてみた。
一回、二回、三回、四回、五回、留守電に切り替わった。
めぐはメッセージを残さずスマホを切った。
（同姓同名？）

その頃鷹見はシャワーを浴びていて、スマホの着信音に気づかなかった。

リビングのテーブルの上でスマホが光っている。

「誰だよ」

鷹見は愕然とした。

別れを決意したのにアドレスを消せずにいためぐからだった。

（えっ、めぐ、記憶が戻ったのか。

いや、戻ったにしても関わらないと決めたんだ。）

鷹見はスマホのアドレスからめぐを削除しようとしたが出来なかった。

（なんて情けないんだ。）

スマホをテーブルにおこうとした瞬間、スマホが鳴った。

画面に映し出された着信の相手はめぐだった。

（めぐ？）

鷹見はスマホに出てしまった。

「もしもし、あのう、鷹見さんですか、私、牧瀬めぐみと申します」

めぐはなにを話したらいいか分からなかった。

（どうしよう。そうだ、まずお礼しないと。）

「あのう、先日は病院へ連れてきてくださって、ありがとうございました。ご飯も食べられるようになったんですよ」

相手はなにも言わない。

「えっと、高沢組の若頭さんなんですか、この病院の看護師の玲さんに聞いたんですが、お会いしたいので、伺ってもよろしいでしょうか」

「俺は関係ない、来るんじゃない」

スマホは切れた。

(人違いなのかな。)

めぐは確かめるべく、高沢組へ行くことにした。

先生には外に出てはいけないと言われていた。

でもどうしても鷹見に会いたかった。

(ここかな?)

スマホで調べて、やっとたどり着いた。

大きなお屋敷、高沢組と看板が出ていた。

門のところから覗き込んでいると、若いチンピラ風の男性に声をかけられた。

「姉ちゃん、なんかようか」

「あっ、あのう、鷹見さんいらっしゃいますか」

「若頭なら、今日は一度も顔を見てねえけど、鷹見建設会社にいるんじゃねえか」

「そうですか」

「若頭のこれか」

その男性は小指を立ててめぐを覗き込んだ。

「多分違います、恋人ってことですよね」

「そうか」

「鷹見さんに病院へ連れて行ってもらったのでお礼を言いに来たんです」

「もしかして、冬木のアニキの事件か」

めぐはその男性が言っていることが理解出来なかった。

「あんた、もしかして、牧瀬めぐみか」

「はい」

その男性は急にソワソワして、慌てた様子で、屋敷の外を見回した。

「やべえ、あんた、一人で出歩いちゃいけねえんじゃねえの」

「はい、でもどうしても鷹見さんに会いたかったんです」

その男性はめぐを門の内側に入るように促して、門を閉めた。

スマホを取り出して、電話をかけはじめた。

「お疲れ様です、ケンですが、牧瀬めぐみさんが若頭に会いたいと、一人で病院から抜け出したらしいですが」

「めぐは今どこにいるんだ」

「ここにいます、やべえと思って、屋敷の門を閉めて、敷地内にいます」

「分かった、すぐ行く」

その男性はスマホを切るとめぐに伝えた。

「若頭は今こっちに来るそうです」

「本当ですか」

「でも、だめっすよ、一人で出歩いちゃ」

「ごめんなさい」

「かわいいっすね」

「えっ」

「めぐみさんを好きになった若頭の気持ち、分かります」

(鷹見さんが私を好きになってくれた？)

「あのう、私と鷹見さんはどんな関係だったんですか」

「覚えてないんすか」

めぐは頷いた。

「若頭にとってめぐみさんは命っすね」

「命？」

「若頭に抱かれたことも忘れちゃったんすか」

めぐは驚きすぎて言葉を失った。

そこに冬木がやってきた。

「めぐみさん」

めぐは自分の名前を呼ばれて振り向くと、そこには冬木が立っていた。

「ケン、どういうことか説明しろ」

めぐはてっきり鷹見と思い込み、声をかけた。

「鷹見さんですか、あのう、病院へ連れて行っていただいてありがとうございました、お礼を言いたくて」

「いやだな、めぐみさん、この人は冬木のアニキっすよ」

「えっ、ごめんなさい、間違えてしまいました」

「いえ、大丈夫です」

「今、若頭がこっちに向かってるっす」

「めぐみさんは一人で出歩いたんですか」

「すみません」

「よかった、無事で」

冬木はめぐを座敷に連れていった。

冬木が背筋が凍るほどの思いをしていたなど、めぐは知る由《よし》もなかった。
そこに鷹見が姿を現した。

第五章　めぐとの距離

襖が開き、息を切らせて鷹見が入ってきた。

鷹見はめぐを見つめて、腕を掴み引き寄せた。

「めぐ、無事でよかった、どこもなんともないか」

めぐはみんなが口々に一人で出歩いちゃダメとか、無事でよかったとか言うことに、理解出来ないでいた。

「あのう、鷹見さんですか」

鷹見は慌ててめぐから離れた。

（めぐは記憶が戻っていない、馴れ馴れしく抱きしめられて、不思議に思っただろう。）

「俺が鷹見龍一だ」

「私を病院へ連れて行っていただいてありがとうございました」

めぐは深々と頭を下げた。

「用が済んだらさっさと戻れ、勝手に病院を抜け出すんじゃない」

「すみませんでした」

「いいか、絶対に一人で出歩くな」

「出かけたい時は鷹見さんに連絡すればいいんですよね」

「なんで俺なんだ」

「だって、私のスマホに鷹見さんの連絡先が登録してあるから」

「俺は関係ない、俺の登録先を消せ」

「どうしてですか」

「今、俺が言ったこと聞いてなかったのか」

「聞いてましたけど……それなら出かけたい時どうすればいいですか」

「一歩も外に出るな」

「理由を聞かせてください、それに関係ないなら指図しないでください」

鷹見は言い返すことが出来ずにいた。

「あのう、私は鷹見さんの女なんですよね」

「誰がそんなこと言ったんだ」

その時、ケンが後退りをはじめた。

鷹見はケンを睨んだ。

ケンは小さく縮こまった。

「ケンの言うこと信じるんじゃない」

「違うんですか」

「この俺様が、高沢組若頭鷹見龍一が、お前如きを相手にするわけがないだろ」

「そうですよね」

「送っていく、病院へ戻れ」

鷹見はめぐを抱きしめたい気持ちをグッと堪えて平静を装った。

それからめぐを車に乗せて、病院へ急いだ。

「このヤブ医者、外に出すなとあれほど頼んだだろう」

「すまん、すまん」

「めぐみさん、勝手に一人出歩いちゃ駄目だろう」

「申し訳ありません」

鷹見は病院を後にした。

その日の夜、スマホが鳴った、相手はめぐだった。

「もしもし、鷹見さんですか」

「なんの用だ、俺の連絡先は削除しろと言ったはずだ」

「明日、買い物したいんです、一緒についてきてください」

「はあ？　なんで俺がお前の買い物に付き合わなくちゃいけないんだ」

「それなら、一人で行きます」

「それはダメだ」

「じゃあ、明日迎えに来てくださいね、おやすみなさい」

スマホは切れた。

鷹見は完全にめぐに振り回されていた。


次の日、鷹見はめぐの買い物に付き合うため病院へ向かった。

めぐを諦めたはずなのに、ウキウキしている自分がいた。

(俺が守ってやればいいことじゃないか。)

鷹見は、別れる必要はないんじゃないかと思いはじめていた。

「おい、支度出来たか」

「ちょっと待ってもらえますか」

「俺を待たせるとはいい度胸してるじゃねえか」

「はい、お待ちどうさまでした」

そこに医者が奥から出てきた。

「めぐみさん、出かけるのか」

「はい、今日は鷹見さんと一緒なんで大丈夫です」

「龍、十分気をつけろよ」

「ああ、分かってる」

「めぐみさんに手を出すんじゃねえぞ」

「我慢出来たらな」

　めぐはキョトンとして鷹見の顔を見上げた。

　その顔が堪らなく可愛くて、我慢出来そうもなかった。

　鷹見は万が一のために冬木に護衛を頼んだ。

「冬木、明日めぐと出かける、大丈夫だとは思うが、万が一のために護衛を頼む、お前はめぐだけをその場から連れ出し、身の安全を確保してくれ」

「分かりました」

「もし、俺の身に危険が及んでも、構わずめぐだけを頼む」

「社長」

「笑っていいぞ、そこまでして出かけなくてもって思うよな、情けないがめぐの望みはなんでも叶えてやりてえ」

「はい」

そして、冬木は鷹見とめぐの後をついていった。

「めぐ、俺は極道だ、一緒にいても気にならないのか」

「だって、鷹見さんはどっからどう見てもイケメン社長にしか見えないですよ」

めぐはそう言って、鷹見の腕に自分の手を絡ませた。

（どっからどう見てもイケメン社長か。

こうして、めぐと普通に出かけて、普通に会話して、これが堅気の生活ってやつなんだろうな。これも悪くねえ。）

鷹見は今日一日無事に過ごせることだけを考えていた。

めぐの記憶は戻っていない。

自分をどう思っているのか、なぜ自分を指名したのかよく分からなかった。

悲惨な状況だけは避けなければいけない。

戸部建設会社副社長の動向は気になるが、今のところ落ち着いている。

森山組も組長が筋を通してくれた。

また、他の暴力団に依頼をかけたら、めぐの身は危険にさらされる。

（戸部建設会社副社長にしてみれば、仕事もとられ、結婚したい相手めぐも自由にならず、俺とめぐに復讐をすることしか頭にないのだろう。

やはり、俺が一生めぐを守っていくしかないのか。）

「鷹見さん、どうかしましたか」

「いや、どうもしない」

「眉間にしわ寄せて、難しい顔してますよ」

「そうか、それよりどこに行くんだ」

「ここです」

全ての客が若い女で埋め尽くされている店内。

アクセサリーの店だ。

でもめぐはさらに奥に歩を進めていく。

そこにはパワーストーンのブレスレットが置いてあった。

「幸せを呼ぶんですよ」

そこでパワーストーンを二つ買った。

「さっ、行きましょう」

めぐは鷹見の腕を引っ張って、店外に出た。

「みんな見てましたね、鷹見さんのこと」

「はあ？　そんなことないだろう」

「あります、だって鷹見さんはめっちゃイケメンで、背が高くて、かっこよくて、顔だちがキリッとしてずっと見てても飽きないです」

「おい、何にも出ないぞ」

「そんな、私の素直な気持ちですから」

鷹見は店の外に出た時、周りを見渡して、怪しい奴がいないか確かめた。

そして冬木の姿を確認した。

「買い物済んだのなら、もう帰るぞ」

鷹見はめぐの腕を掴んで、足早に歩き出した。

ちょっと気になる男を捉えた。

早くこの場を去らなければと思い、車に急いだ。

その時、気になる男の脇にナイフが見えた。

鷹見は冬木に合図して、冬木が近づいたその時、その男はめぐをめがけて近づいてきた。

鷹見はその男とめぐの間に入り、その男を制止した。

その男は邪魔だと言わんばかりに、鷹見の脇にナイフを突き刺した。

(やべえ。)

鷹見がその男を押さえている間に、冬木はめぐを車に乗せて走り出そうとした。

「めぐみさん、帰りますよ」

そう言って車のドアを閉めた。

「鷹見さんは、まだ鷹見さんが乗っていませんよ」

「社長は後から来ますから大丈夫です」

車は走り出した。

鷹見はその男を殴りつけ「どこの組のもんだ、俺にナイフを突き刺すとは、いい度胸してるじゃねえか」と睨みつけた。

脇腹からどくどくとおびただしい血が流れた。

その男は観念したらしく「どこの組でもない、戸部建設会社副社長に頼まれたんだ」と白状した。

鷹見はケンに連絡した。

その男は捉えられ、鷹見は救急車で病院に搬送された。

鷹見は三日間眠っていた。

夢の中で、めぐは泣いていた。

鷹見はめぐ、めぐと呼びかけたが、めぐは鷹見の方を振り向くことはなかった。

めぐ！

鷹見は目を覚ました。

「社長」

鷹見の顔を覗き込んでいたのは冬木だった。

「社長、大丈夫ですか」

「冬木、めぐは大丈夫か」

「はい、社長の仰せの通りに、送り届けました」

「そうか、すまなかったな」

「俺の方こそ、社長を見捨てたかたちになり、申し訳ありませんでした」

「何を言ってるんだ、めぐには俺が刺されたことは気づかれなかっただろうな」

「大丈夫です」

しかし、鷹見が眠っていた間、何度もスマホに着信があった。

めぐは留守電を入れており、泣いていた。

「鷹見さん……大丈夫ですか、私、先に帰ってきてしまって……何か急用だったんでしょうか、それとも私……嫌われちゃったんですか」

（めぐ。）

「めぐは一人で出歩いてないか」

「ケンに見張らせています」

「そうか」

そんなこととは知らずに、めぐは鷹見に会いたい一心で病院を抜け出した。

ケンが見張っていることは分かっていた。

うまくかわして、めぐは高沢組の屋敷まで行った。

ところが、めぐを見張っていたのはケンだけではなかった。

戸部建設会社副社長に依頼されて、めぐを捕まえて連れてこいと言われていた連中が、めぐを狙っていた。

めぐはその連中に捕まり、戸部建設会社副社長の元に連れて行かれた。

「久しぶりですね、めぐみさん」

「あのう、どなたですか」

「戸部建設会社副社長の戸部弘毅です、めぐみさんにプロポーズさせていただいたのですが、断られてショックでした」

「えっ、すみませんでした」

「一番ショックだったのは、高沢組若頭鷹見の女になったことです」

(鷹見さんの女？)

「鷹見のこと愛しているのですか」

「よく分かりません」

「やはり、無理矢理だったんですね」

(無理矢理って、何にも記憶にないんだけど……)

「鷹見はもうすでにめぐみさんを抱いたと言っていました、かわいそうに襲われたも同然じゃないですか」

(嘘、私と鷹見さんってそういう関係なの？

何で覚えてないの？)

「めぐみさん、過去には囚われずに二人で幸せになりましょう」

「ちょっと待ってください、私、確かに覚えていませんけど、鷹見さんは好きです」

「何を言ってるんですか」

次の瞬間、戸部は立ち上がり、めぐを引き寄せ抱きしめた。

「やめてください、戸部さんとは結婚は出来ません」

「この期に及んで何を言っている、二度もプロポーズを断られて、あっさり引き下がると思うなよ」

戸部はめぐを押し倒し、唇を押し当ててきた。

(いや、助けて。)

戸部は無理矢理洋服を引きちぎり、胸の膨らみにキスをした。

(やめて。)

涙が溢れて、止まらない。

こういうことだった、一人で出歩いちゃダメだと注意されていたのに、自業自得だ。

戸部はスカートを捲り上げて、下着の中に手を入れた。

(助けて、鷹見さん。)

その時、部屋の外が騒がしくなり、ドアが勢いよく開いた。

入ってきたのは鷹見だった。

「てめえ、ぶっ殺してやる」

めぐは鷹見に抱きつき「早くここから私を連れ出してください」そう伝えると、鷹見は、涙でぐちゃぐちゃになった顔を見つめて「よし、行くぞ」とめぐを連れ出した。

外に車が停まっており、ケンが「若頭、めぐみさん早く乗ってください」そう言ってドアを開けてくれた。

鷹見はめぐを車に乗せ、自分の上着をめぐの肩にかけた。

車が発車して、鷹見はめぐの涙を手で拭った。

そしてギュッと抱きしめた。

めぐは鷹見の胸に顔を埋めてワンワン泣いた。

第六章　忌まわしい傷

車が到着したのは鷹見のマンションだった。

「若頭、俺はこれで失礼しやっす」

「ご苦労だったな」

鷹見はめぐを抱き上げて、部屋の寝室に連れて行った。

ベッドに身体が沈んだ。

鷹見はめぐから離れようとした。

めぐは離れたくなかった。

鷹見の腕をしっかり掴んで離さなかった。

「めぐ、ゆっくり休んだ方がいい」

そう言ってめぐの腕を自分の身体から引き離そうとした。

「鷹見さん、他の男性に触れられた私は嫌いですか」

「そんなわけないだろう」

「じゃあ、キスして」

「お前にキスしたら、俺は気持ちが止められなくなる」

「嫌なこと忘れるために私を抱いてください」

「めぐ」

「お願い」

めぐは鷹見の唇に自分の唇を押し当てた。

鷹見は溢れる気持ちが抑えられず、めぐを強く抱きしめ、舌を割り入れた。

「ううん、んん」

艶っぽいめぐの喘ぎ声。

唇が離れ、見つめ合った。

「お前を抱く、嫌なら無理するな」

「鷹見さんが好き、はっきり分かったんです、私を愛してください」

首筋にキスをしながら、上着を脱がすと、めぐの胸の膨らみに、奴のキスマークがくっきりついていた。

鷹見は怒りを抑えることが出来なかった。

(俺の女に手を出しやがって、思い知らせてやる。)

鷹見は奴のキスマークの上から、自分のキスマークをつけた。

「ああっ、うんん」

「俺の女って印をつけた」

そして、めぐを一糸纏わぬ姿にして、強く抱きしめた。

「大丈夫か、俺はお前を離さない、覚悟しろ」

めぐは頷いた。

乳房を大きく揉みしだき出した。

ピンクに色づいた乳頭を口に含み強く吸った。

「ああ、ううん、ああ〜っ」

(めぐの喘ぎ声は堪んねえ。)

興奮はマックスに達し、股を大きく開き、溢れ出した蜜を絡めとるように舐め上げた。

「指を入れるぞ」

「龍一さん、キスして」

めぐに名前を呼ばれて、心臓が跳ね上がった。

秘所に指をゆっくり挿入しながら、めぐにキスをした。

「いや〜っ」

めぐは鷹見を思いっきり突き飛ばし、部屋の隅に身体を丸めた。

「めぐ」

「ごめんなさい、ごめんなさい」

めぐは泣きながら叫んだ。

嫌な場面がフラッシュバックしたのだろう。

しばらく無理だな、と鷹見は観念した。

そっとめぐに近づき「大丈夫だ、シャワーを浴びよう」そう言ってめぐをシャワールームに連れて行った。

鷹見自身は熱を帯び、しばらく収まる気配はなかった。

（めぐ、俺はお前を一生かけて守り抜く。）そう誓った。

鷹見は中々シャワールームから出てこないめぐが心配になった。

シャワールームから押し殺した泣き声が聞こえてきた。

「めぐ、大丈夫か」

「だ、大丈夫です」

「飯でも食いに行くか」

「はい、今出ます」

めぐはシャワールームから出てきた。

「鷹見さん、ごめんなさい」

「めぐが謝ることじゃねえよ、俺が女を抱くことをもっと勉強しないとな」

「大丈夫です、勉強なんかしないでください、鷹見さんが私以外の女の人を抱くのは嫌です」

「めぐ」

「私、頑張りますから」

「めぐ、こういうことは頑張ることじゃねえんだ、お互い好きな気持ちが自然と抱きたい、抱かれたいって思いになるもんだ」

「私は鷹見さんが好きです、だから鷹見さんに好きになってもらえるように、抱いてもらえるように頑張ります」

(俺はすでにお前が好きだ。)

記憶が消えためぐはそのことを覚えていない。

もう、何度もめぐを抱いている。

しかし、自分の不注意で、めぐに辛い思いをさせてしまった。

自分の側にいることが、愛されることがめぐにとって本当に幸せなことなのか。

医者が言ったように、堅気の生活に戻してやることが本当の幸せなのかもしれない。

戸部建設会社の副社長は鷹見に対しての復讐心でめぐに近づいている。

鷹見が頭を下げて、仕事を返してやれば、気持ちが収まるかもしれない。

しかし、商店街の人達の店は多分入れてもらえないだろう。

それなら、このまま鷹見建設が仕事を続けて、めぐは自分が守ればいいんじゃないかとも思ってしまう。

鷹見はめぐの後にシャワーを浴びた。

すっかり気が緩んで、脇腹の傷のことを忘れて、バスタオルを首にかけた状態でリビングに移動してしまった。

「鷹見さん、その傷はどうしたんですか」

「えっ、ああ、別になんでもない」

「新しい傷ですよね」

めぐは傷に触れて「痛くないですか」と聞いてきた。

まだ、痛みがあったが「大丈夫だ」と答えた。

次の瞬間、めぐは鷹見の傷口にキスをした。

咄嗟《とっさ》のことに、鷹見は顔を歪めてしまった。

「痛いですか？　最近の傷ですよね、もしかしてあの時、連絡取れなかったのは怪我したから、入院していたんじゃないですか、私のせいですよね」

「違う、俺は極道だ、傷の一つや二つ日常茶飯事だ」

「嘘、あの日、買い物に付き合ってもらった時、鷹見さんは一緒に車に乗らずに冬木さんが送ってくれました、あの時、怪我したんじゃないですか」

「そんなことはない」

「私は鷹見さんの側にいて迷惑ばかりかけているんじゃないですか」

めぐは泣きはじめた。

鷹見はめぐの腕を引き寄せ抱きしめ、落ち着くように宥《なだ》めた。

「ごめんなさい」

鷹見はめぐに本当のことを話すことにした。

「めぐ、落ち着いて聞いてくれ」

めぐは鷹見を見上げてじっと見つめた。

「めぐは覚えてないかもしれないけど、めぐを病院に連れて行った時より前からめぐは俺の女だった」

「そうなんですか」

「俺がめぐに惚れて強引にはじめてをもらった」

「嘘」

めぐは真っ赤な顔をして俯いた。

「とっくに俺はめぐに惚れてる、めぐも俺に抱かれて満足そうだった」

第六章　忌まわしい傷

「なんで私は覚えていないんでしょう」

第七章　明らかになった真実

鷹見はここから嘘を交えながら、事情を話しはじめた。

「お前は商店街振興組合会長の娘だ、商業施設建設の話が持ち上がり、戸部建設会社副社長と話し合いをすることになった」

「あの人ですね」

「俺は裏の顔である、高沢組若頭として立ち退きにサインをさせる役回りだった」

めぐは黙って聞いていた。

「そこでお前と出会った。俺が話し合いの場所に着くと、戸部建設会社副社長はお前に結婚を迫っていた。でも断られて痺れを切らし、力ずくで自分のものにしようとしていた。

俺はお前の助けてという視線で助けた」

「私は二回も鷹見さんに助けてもらったんですね」

「ああ、惚れた女を助けるのは当たり前のことだ。そこでめぐは俺の女になったんだ。戸部建設会社副社長も、まさか、俺の女に手を出すほどバカじゃないだろう」

「でも、どうしてまた私は襲われそうになったんですか」

「戸部は俺に対して復讐心を剥《む》き出しにしている。商業施設建設も俺の表の顔である鷹見建設に仕事を取られたからな」

「そうだったんですか、だから私は一人で出歩くなと言われたんですね」

鷹見は冬木の怪我のことにも、自分が刺されたことにも触れずに話を進めた。

「鷹見さんの怪我はどうされたのですか」

「俺は表と裏の顔は全くの別人だ、裏の顔は敵が多いからな」

「そうなんですか」

めぐはやっと落ち着きを見せはじめた。

世間知らずのお嬢さんにしてみれば、極道に惚れられたばかりに、襲われそうになったり、目の前で人が刺されて血の海の惨劇を見たらショックを受けるのは当たり前かもしれない。

「めぐ、俺の側にいたら今まで味わったことがないことを経験することになるが、それでも俺の側にいてくれるか」

「はい」

めぐはニッコリ微笑んで答えてくれた。

鷹見は自分が守ってやれば済むことだと疑いもしなかった。

しかし、冬木と鷹見の怪我の事実が、まさかめぐの耳に入るなど想像もしていなかった。

そのことで、めぐは鷹見の前から姿を消すことになるなんて……

戸部建設会社副社長は、鷹見の言葉に恐れを抱いていた。

「ぶっ殺してやる」

殺される前にあいつにダメージを与えないと気がすまないと思い込んだ戸部は、めぐに近づき、冬木の怪我、鷹見の怪我とめぐにダメージを与えるショックな事実を伝えた。


ある日、一歩も外に出ないめぐに、戸部は手紙を送りつけた。

『戸部建設会社副社長、戸部弘毅と申します、先日は大変失礼なことをしてしまい、申し訳ありませんでした、これもめぐみさんを愛しすぎた自分の気持ちが爆発したとお許しいただければ良いのですが、申し訳ありませんでした。

本日お手紙を差し上げたのは、めぐみさんに事実を知っていただきたくお手紙を差し上げました。先日私はめぐみさんを私の元に連れてきてもらいたいと、ある暴力団に依頼しました。その時、身を呈してめぐみさんを救ってくれたのが冬木です。

そのため生死を彷徨《さまよ》う大怪我を追いました、おびただしい血の海と化した現場にめぐみさんはショックを受けたことでしょう、また鷹見もあなたを庇《かば》って大怪我をして入院していましたよね、僕はまだあなたを諦めていません。

その度に怪我人が出ることでしょう。

あなたが大人しく、僕の元に来ていただけるのであれば怪我人は出ません。是非お返事をお聞かせください』

（そんな、私のせいで冬木さんも、鷹見さんも怪我をしていたなんて、私が大人しく戸部さんと結婚すれば誰も怪我することなく収まるんだ。）

めぐは自分が鷹見の側にいると迷惑がかかると思いこみ、涙が頬を伝わって止まらなかった。

めぐは身の周りの荷物をまとめて、戸部の元に行くことにした。テーブルの上にメモを残して。

『鷹見さん、私はあなたが大好きです。

冬木さんもケンさんも高沢組の組長さんも、皆さん優しい人ばかりで、私を守ってくれて感謝しています。

私のわがままで、これ以上怪我を負う方が増えるのは耐えられません。私が戸部さんと結婚すれば誰も傷つかなくて済むのであれば、私は戸部さんと結婚する道を選びます。

今までご迷惑をかけてすみませんでした、私を気遣い、怪我のことも黙ってくれたんですよね。冬木さんには大変ご迷惑をかけて謝って済むことではありませんが、本当にごめんなさい。これ以上私が鷹見さんの側にいると死人が出るかもしれません。

それを思うと耐えられないんです、大変お世話になりました。

鷹見さん、大好きです、あなたにはじめてを捧げておけてよかったです、その思い出を胸に秘めて私は戸部さんと結婚します』

鷹見は仕事が終わるとめぐの待っているマンションへ急いだ。

「めぐ、ただいま、大丈夫だったか」

(あれ、どこに行ったんだ。)

部屋は暗く、人の気配は感じない。

鷹見は背筋が凍る感覚を感じた。

そしてテーブルに置いてある二通の手紙が目に入り、読んで愕然とした。

(戸部のやろう、こんな手紙よこしやがって。)

(めぐは責任を感じたんだろう。

どうして勝手に出ていったんだ。)

鷹見は戸部の会社に向かった。

その頃、めぐは戸部と連絡を取って会社にいた。

「めぐみさん、嬉しいよ、僕との結婚を考えてくれたんだね」

「もう、誰も傷つけないと約束してくださいね」

「ああ、約束するよ、君が僕を裏切らない限りね」

戸部は私に近づいて抱きしめた。

「なんて素晴らしいんだ、早速、今夜、この間の続きをしよう、僕は君を愛している」

「それは出来ません」

「どうして？」

「私は戸部さんを愛していません、ですから私があなたに抱いてほしいと思うほどの愛情を感じたらお受けいたします」

「分かったよ、僕に抱いてほしいと思わせてみせる」

「それまで結婚もしません」

「すぐにその気にさせてあげるよ」

めぐのひそかな抵抗だった。

(私が戸部さんのそばにいる限り、誰にも手は出さないだろう。

これで、鷹見さんも冬木さんも安全だ。)

しかし、戸部はなんとかして、めぐに触れようと脅しにかかる。

「めぐみさん、早くその気になってくれないと、怪我人が増えることになるよ」

戸部はそう言って、めぐを引き寄せ、キスをしようとした。

「約束が違います、やめてください」

「何が約束だ、目の前に好きな女がいて、気が狂いそうだ」

戸部はめぐを押し倒し、首すじに唇を押し当てた。

「感じているんだろう、我慢することはない、お互いに気持ちよくなろうじゃないか」

「やめて」

戸部はめぐの胸を鷲掴みにして揉みしだき出した。

「いや」

「抵抗すると死人が出るぞ、はじめは冬木か、あいつは一度死にかけたからな、今度は地獄に送ってやろうか」

めぐは抵抗することが出来なかった。

戸部はめぐのブラウスを力いっぱい引きちぎり、下着を下げて胸を舐め上げた。

「なんて素晴らしいんだ、ほら、我慢するな、気持ちいいだろう」

涙が溢れて、どうすることも出来なかった。

でも、めぐは自分が我慢すればいいんだ、と抵抗することをやめた。

そこに「めぐ、どこにいる」と声がした。

「副社長、鷹見が」

そこに鷹見が入ってきた。

めぐは急いで上着をきて隠れた。

鷹見はめぐの姿をみて怒りが頂点に達した。

「てめえはやはり殺されないと分からないみたいだな」

「失礼なこと言わないでくれ、めぐみさんは僕に抱かれたいと言って、彼女の方から連絡してきたんだ、そうだよね、めぐみさん」

「お前が手紙を送りつけて脅したんだろう」

「めぐみさんと僕は結婚するんだよ、今愛を確かめ合っていたんだ、邪魔しないでくれ」

「何が愛を確かめ合っていただと、それは犯してるって言うんだよ」

めぐは立ち上がり、鷹見に向かって言葉を発した。

「鷹見さん、本当です、私と戸部さんは愛を確かめ合っていたんです、もう来ないでください、私は戸部さんを愛しています」

「めぐ、帰ろう、お前が犠牲になることはない。いいか、俺も冬木も極道だ、堅気のお前に犠牲になってもらって惜しい命はない」

めぐは今にも溢れ出しそうな涙を堪えることは出来なかった。

ここで鷹見の手を取ってこの場を去れば、悪夢から解放される。

でも、そんなことをして、もし命を落とす人がいたら、自分は生きていけない。

「鷹見さん、私は大丈夫です、今日はお引き取りください」

鷹見は警備員に取り囲まれて、その場を去る以外に手立てはなかった。

ずっと、めぐの名前を叫び続けながら……。

「さて、めぐみさん続きをしようか」

「私は言いましたよね、私をその気にさせてみせてと、自信ないんですか」

「なんだと、分かったよ、その気にさせてみせる」

めぐは、戸部のプライドに火をつけてうまくこの場を切り抜けた。

第八章　姿を消しためぐ

めぐはこの頃から体調に変化を感じるようになった。
そういえば生理がこない。
それどころではなかっためぐは、自分の体調の変化にやっと気づきはじめた。
(最後はいつだったかな。もしかして妊娠?)
(戸部さんとはそこまでいっていない。
じゃあ、鷹見さんの子供?)
(鷹見さんは私のはじめてをもらったって言ってた。
全然覚えていないけど……)
めぐは産婦人科に診てもらい、はっきりさせなくては、と思い向かった。
「おめでとうございます、二ヶ月目に入ったところです」

（鷹見さんの子供？）

めぐは自然に顔が綻《ほころ》んだ。

高沢組若頭鷹見龍一の子供を身籠ったのである。

めぐは一人で産む決心を固めた。

（大好きな人の子供を授かって、神様は私に頑張れって言ってるんだよね。）

まずは戸部の元を去らなければ、いけない。

（私が鷹見さんの元に戻らなければ、鷹見さんも他の人達も危険な目にあうことはない。なんか俄然勇気が出て来た。）

めぐは自分のお腹をさすって「大丈夫、あなたはママが守ってあげる、あなたのパパはとても素敵な男性よ、だから強く生きるのよ」そう言って言葉をかけた。

そしてめぐは戸部に手紙を残した。

『戸部さん、ごめんなさい、やっぱり私はあなたと結婚は出来ません。でも鷹見さんの元にも戻りません。私が鷹見さんの元に戻らなければ、鷹見さん達は危険な目にあうこともないでしょう。また戸部さんの元にいなければ、あなたも危険な目にあうこともないと思います。私は一人で生きていきます、ではお元気で』

めぐは姿を消した。

まずは誰も知らないところに行こうと決めた。

その頃、戸部はめぐの行方を血眼《ちまなこ》になって探していた。

そして、そのことは鷹見の耳にも入ってきた。

「社長、めぐみさんが戸部の元から姿を消しました、戸部がめぐみさんの行方を血眼になって探しているとのことです」

冬木が現状を鷹見に報告した。

（めぐ、どこにいるんだ、俺の元に戻ってこい。）


その頃、めぐは都会を離れて、山奥の別荘を管理する男性の家にお世話になっていた。

父親の古くからの友人である後藤千太郎である。

「めぐちゃん、久しぶりだね、お父さんは元気かな」

「父は入院しております」

「そうか」

父から何か困ったことがあったら後藤千太郎を訪ねるように言われていたことは覚えていた。

「ここにしばらくおいていただけないでしょうか」

「ああ、何か困っているんだね、大丈夫だよ、いつまでいてもいいからね」

「ありがとうございます」

でも妊娠していること、一人で産んで育てることは話をした。

「そうかい、めぐちゃんは娘みたいなもんだから、孫が産まれるみたいで楽しみだよ」

「ご迷惑かけますが、よろしくお願いします」

徐々につわりがひどくなり、横になっている日々が続いた。

その頃、戸部はめぐのことは諦めようとしていた。

鷹見は必死にめぐの行方を探し続けた。

（お前は俺の命だ、絶対に探してみせる。）

鷹見はまさかめぐが自分の子供を身籠っているなど、想像もしていなかった。

めぐが姿を消して半年が経った。

商業施設建設の仕事は順調に進んでいた。

（めぐ、どこに行ったんだ。）

ある日、冬木がめぐの情報を掴んだと報告してきた。

「社長、ちょっと気になる人物がおりまして」

「誰だ」

「後藤千太郎氏なんですが、高沢組組長と同じく、世のため、人のためと任侠集団の後藤組を束ねていた人物です、現在組は解散して山奥の別荘を管理して生計を立てて暮らしています」

「めぐとどういう関係なんだ」

「後藤氏の経歴の中に、めぐみさんの父親の名前がありまして、古くからの知り合いのようなんですが、もしかして、めぐみさんはそこに身を寄せている可能性が高いかと思われます」

「よし、詳細を送ってくれ、これから向かう」

「かしこまりました」

鷹見は藁をもつかむ思いで後藤千太郎の元へ向かった。

その頃、めぐは妊娠六ヶ月を迎えようとしていた。

「めぐちゃん、お腹が目立ってきたな、足元に気をつけるんだよ」

「はい、千太郎さんはどうして結婚しなかったんですか」

「相手がいなかったんだ」

「またまた、モテすぎて選べなかったんじゃないですか」

「そういうことにしておこう」


わしは極道の時、本気で愛した女がいた。

何度堅気になろうかと考えたことか、でもなれなかった。

その頃、めぐちゃんの父親と知り合った。

極道と堅気の二人は意気投合し、お互いの悩みを打ち明けあった。
わしは相手の女に子供が出来て、どうするか悩んでいた。
めぐちゃんの父親は子供が出来なくて悩んでいた。
そしてわしのところに可愛い女の子が舞い降りてきた。
わしは堅気になる決心を固めた。
その矢先、わしの愛する女は命を落とした。
難産で感染症を患い亡くなったのだ。
お前がいないとわし一人で育てられない、なんで先にあの世に行ったんだ。
わしは自分の娘を牧瀬に託した。
牧瀬めぐみはわしの血の繋がった娘だ。
めぐちゃんのお腹の子の父親のことは何も聞いていなかった。
この後、まさか極道の相手との子供と知ることになるなど、想像も出来なかった。
しかし、牧瀬はよくめぐみをいい子に育ててくれた。
感謝しかない。
めぐみとわしが名付た。
時々、我が子の成長振りを確認するため、牧瀬のうちに訪れた。
牧瀬の嫁さんである朋子さんはわしの訪問を快く受け入れてくれた。

父親の友人としてめぐみも接してくれた。
まさか、大変な時にわしを頼ってくれるなんて感謝しかない。
しかも孫の姿を見られるなんて、なんて幸せものなんだと神に感謝した。

第九章　龍の誕生

そんな矢先、鷹見龍一は後藤を訪ねた。

鷹見龍一のことは噂で聞いていた。

まさかめぐの愛した男だとは、神の悪戯にも恐れ入った。

「鷹見龍一と申します、鷹見建設会社社長をしております」

(表の顔できおったか。)

「牧瀬めぐみさんを探しております、こちらにいるのではないかと伺いました」

「君は高沢組の若いもんだよな」

「はい、高沢組若頭を任せていただいております」

「組長さんはお元気ですかな」

「はい、元気に過ごしております」

「そうか」

後藤は鷹見龍一の動向を見ていた。

「あのう、牧瀬めぐみはこちらにおりますでしょうか」

「君はめぐちゃんとどういう関係かな」

「めぐは俺の命です、めぐのためならこの命惜しくありません」

「そうか、では会わせるわけにはいかんの」

「えっ、こちらにいるのですか」

「おる」

（おじさま、どうして言っちゃうかな。）

「どうして会わせていただけないのでしょうか」

「君が命を粗末にする考えだからだ」

「決して粗末にしておりません」

「めぐちゃんのために命を大切に、一生添い遂げる覚悟を持ってもらいたい、それがめぐちゃんの望みだ」

「めぐがそう言ったんですか」

「そうだ」

（めぐ、俺は無鉄砲だからな。）

（大人になりきれないところがある。

俺が自分の命を大切に出来る大人になったら会えるということか。）

「分かりました、じっくり考えて、また出直してきます」

鷹見はその場を後にした。

「めぐちゃん、これでよかったのかな」

「はい、ありがとうございました」

「鷹見龍一がお腹の子の父親か」

めぐは頷いた。

「めぐちゃんのためなら、平気で命を捨てるな、困ったやつだ」

（私さえいなければ、戸部さんともいざこざが起きないだろう。）

「さて、飯にするか」

「はい」

それからしばらくして、鷹見からお金が送金された。

「めぐちゃん、鷹見から金が送られてきたぞ」

「えっ、鷹見さんから」

「奴はお腹の子のことを知らないんだよな」

「はい」

そして毎月お金は送られてきた。

「どうしましょう」

「出産費用に貯めておけ、この金はめぐちゃんが受け取る権利があるからな」

「そうでしょうか」

「奴が大人になったら、子供のことは話をすればいい」

めぐは毎月送られてくるお金を貯めておいた。

その頃、鷹見は商業施設建設に力を入れていた。

めぐのお腹で鷹見の子供がすくすく育っていることなど知らずに……

めぐは臨月を迎え、大きいお腹を抱えて、後藤と暮らしていた。

「めぐちゃん、荷物はこれでいいのかな」

「はい、大丈夫です」

「わしがソワソワしちゃうよ」

「やだわ、おじさま、あっ、陣痛が来たみたい」

「タクシー呼ぶか」

「はい、その前に病院へ連絡を」

バタバタと病院へついて出産に臨んだ。

元気な男の子が産声を上げた。

（鷹見さん、産まれましたよ、あなたと私の子供です。）

めぐは鷹見の一字を貰い、龍と名付けた。

（あなたは牧瀬龍よ。）

「可愛いな、おい、おじいちゃんだぞ」

「おじさま、デレデレですね」

「みんなそんなもんだろ、娘に子供が産まれたら」

「おじさま」

「ああ、なんだ、めぐちゃんはわしにとって娘も同然だからな」

（おじさまのおかげ、そして鷹見さんのおかげ。）


それから、五年の月日が流れた。

龍はやんちゃ盛りで、後藤を困らせている。

「おじいちゃん、おじいちゃんの背中すごいね、龍がいるんだね、僕と一緒だね」

「僕にはなんでおじいちゃんとママしかいないの、パパは？」

「龍、お前のパパはお仕事を頑張ってるんだ、だからお前がパパの代わりにママを守ってやるんだぞ」

「うん、分かった」

めぐは鷹見に会わせるかどうか悩んでいた。

でも、もしかして、もう愛しい人と家庭を築いているかもしれない。

五年の月日は長い。

(鷹見さんはずっと変わらず、送金してくれている。

家庭があるなら、相当の負担だよね。)

そんな矢先、商業施設建設が完成したとのニュースが流れた。

めぐはどうしても見に行きたくて、龍と一緒に東京へ向かった。

久しぶりの東京。

龍はあまりの人の多さにびっくりしていた。

「ママ、すごい人だね」

「いい、ママから離れちゃダメよ」

「うん、分かった」

龍は興味深々で辺りを見回していた。

「おじいちゃんにお土産買って帰ろうか」

「うん」

「ここにいて動かないでね」

めぐの考えは安易だった。

興味が勝る子供だから、自然と足がそちらに向く。

「おまちどうさま」

次の瞬間、めぐは青ざめた。

「龍、龍、どこにいるの」

（どうしよう、こんなに人が多くて、龍は迷子になってしまった。）

その頃、龍はママがいないことに気づく。

「ママ、ママ」

普通なら泣いてその場にしゃがみ込むのだが、龍は違った。

自分が迷子になったのに、ママが迷子になったと考える。

普段からおじいちゃんに「男の子だからママを守るんだ」と言われていた。

だから、自分が頑張らないといけないと思ったのだ。

「もう、ママはしょうがないな」

まずは辺りをキョロキョロする。

ママはいない。

（こっちかな。）

第十章　五年振りの再会

そんな龍の様子を見ていたのが鷹見龍一だった。

「社長、どうかされましたか」

「あの子、一人だよな、迷子なんじゃないか」

「ああ、そうですね」

鷹見はその男の子が気になり、声をかけた。

「おい、迷子か」

その男の子は鷹見の方を振り向いた。

「僕じゃないよ、ママだよ、ママが迷子なんだ」

鷹見は笑い出してしまった。

「大人が迷子なんて聞いたことねえな」

「おじさん、誰？」

「俺か、俺は鷹見建設社長の鷹見龍一だ」

「おじさん、龍一って言うの？」

「ああ、そうだ」

「僕、龍だよ」

「へえ、そうなんだ、俺のマンションに来るか」

「おじさんのマンション？」

「ママにはおじさんが連絡してやる」

その男の子を鷹見はマンションに連れていった。

「ママの名前言えるか」

「うん、牧瀬めぐみだよ」

鷹見は愕然とした。

（めぐ、めぐと同姓同名か、それともめぐなのか。

めぐは結婚したのか。

龍って、まさか。）

「おい、おまえの名前、龍って漢字どう書くんだ」

「漢字？　漢字はまだ書けないよ」

「そうか」

「でもね、おじいちゃんの背中に書いてある絵が僕と同じ龍なんだよ」

「おじいちゃんの背中？」

「うん」

「こういうやつか」

鷹見は自分の上着を脱ぎ、裸になった、そして背中の刺青をみせた。

「あ、おじいちゃんと一緒だ、おじさんの背中にも龍がいるんだね」

「おじいちゃんの名前言えるか」

「うん、後藤千太郎だよ」

鷹見はめぐだと確信した。

父親は誰だ。

鷹見は息を呑んで男の子に聞いた。

「お前の父親は誰だ」

「パパはいないよ」

その頃、めぐは必死に龍を探していた。

（どうしよう、そうだ、警察。）

めぐは交番に駆け込んだ。

「すみません、五歳の男の子が迷子になって、行方が分からないんです」

「お名前は」

「牧瀬龍です」

鷹見は数時間前、先手を打った。

母親が交番に捜索願いを出すだろうと踏んだ鷹見は「男の子を預かっているから牧瀬めぐみが訪ねてきたら、俺のマンションを教えてくれ」と頼んでおいた。

「お母さんのお名前をお願いできますか」

「牧瀬めぐみです」

警官は早速鷹見のマンションを教えた。

めぐは龍を保護してくれた人のマンションに向かった。

(名前は鷹見龍一、鷹見さんだろうか、それとも同姓同名?)

めぐはドキドキしながらインターホンを鳴らした。

「はい」

男の人の声で応答があった。

「あのう、牧瀬めぐみと申します、息子龍が大変ご迷惑をおかけしてすみませんでした。迎えに参りました、保護していただいてありがとうございました」

「どうぞ、お入りください」

めぐはなにか別人のように感じて、鷹見さんじゃないのかなって、ちょっとホッとした。

エレベーターは最上階まで上がっていき止まった。

その階には通路の先に入り口が一つだけあり、豪華な雰囲気だった。

入り口のドアまで近づいて、インターホンを鳴らした。

五年前、鷹見の住んでいたマンションとは比べものにならないほどのタワーマンションで、どこかの社長クラスの人が暮らしていると思われるほどだった。

確かに当時鷹見は鷹見建設社長だったけれど、裏の顔は高沢組若頭だった。

表札も鷹見とだけしか出ていない。

あの時、鷹見に「俺の女になれ」と言われて、頷いてはじめてを捧げた。

龍はその時の子供だ。

ずっと後藤のもとで世話になっていた。

鷹見も欠かさず送金をしてくれた。

商業施設建設は鷹見建設の仕事だけど、以前のマンションへ行ってみたが、鷹見は引っ越したとコンシェルジュが教えてくれた。

鷹見建設までは勇気が持てず、行っていない。

もちろん高沢組にも……

(ずっと連絡しないで、鷹見さんはなんて思っているだろう。)

(今更のこの顔を出すことなど出来ない。

もう結婚しているかもしれないし……)

ガチャッとドアが開いて、龍が抱きついてきた。

「ママ」

「龍、ダメじゃないの、心配したのよ」

「何言ってるんだよ、ママが迷子になったんだろう」

めぐはギュッと龍を抱きしめた。

その時、奥から龍を呼ぶ声がした。

「龍、ママを連れて来い」

その声は忘れもしない、鷹見の声だった。

(嘘、鷹見さんなの?)

「うん、分かった、ママ、おじさんの背中にもおじいちゃんと同じ龍がいるんだよ」

「えっ」

奥の部屋にいる人物の顔を見ていないのに、涙が溢れてきた。

その場から一歩も歩けない。

「ママ、大丈夫?」

「おじさん、ママ泣いてる」

龍の言葉に奥の部屋から一歩一歩めぐに近づいてきたのは鷹見龍一だった。

「めぐ」

周りの音が何も聞こえなくなり、五年間が走馬灯のように流れた。

鷹見はそっとめぐに近づき、抱きしめた。

「めぐ、ずっと会いたかった」

五年前とは違い、殺気だった様子もなく、言葉も丁寧で、まるで別人のようだ。

「さっ、上がって」

「あのう、奥様がいらっしゃるのではないですか」

「奥様？　そんな相手はいないよ」

「あのう、もう失礼します」

「何を言ってるんだ、五年振りに会えたのに、ゆっくりめぐの顔を見せてくれ」

鷹見はめぐをひょいと抱き上げて、奥の部屋に連れて行った。

「龍、ドアの鍵をかけてくれ」

「うん、分かった」

鷹見はめぐをリビングに連れていき、ソファに座らせた。

「久しぶりだな、元気だったか」

「はい」

「そうか、何か飲むか」

「僕も、僕も」

「めぐはコーヒーでいいか」

「はい」

「龍は牛乳でいいか」

「うん、大丈夫」

(いつの間に仲良くなってるの。)

「後藤さんにずっと世話になっていたのか」

「はい」

(鷹見さんは大人になったの？

落ち着いた雰囲気、スマートな立ち振る舞い、何があったんだろう。

それに、より若く、よりかっこいい。私は龍を育てるのに、なりふり構わず、五年も経ってより一層おばさんになっちゃった。)

「結婚したんだね」

「えっ」

「龍がパパはいないって言ってたけど、今は一緒にいないんだね」

(鷹見さんは自分の子供だとは思っていないんだ。)

「めぐ、龍の父親って俺の知ってるやつ？」

（あなたですって言いたい、でも言えない。）

「まっ、その話はいいや、三人で飯食いに行こう」

「おじさん、ほんと？」

「おい、龍、おじさんはねえな、龍一でいいよ」

「分かった、龍一と一緒にご飯食べに行きたい、ママいいでしょ」

「ダメよ、もう帰ろう」

「飯食ったら、今日は泊まっていけよ。後藤さんには俺から連絡しておくから、な龍、泊まっていくだろ」

「うん、龍一と一緒に寝る」

「よし、決まりな、めぐともゆっくり話したいし」

（じっと見つめられて蕩《とろ》けちゃう。）

結局鷹見と龍とめぐで食事に出かけた。

第十一章　溢れる感情を止められず

めぐはこの時間を望んでいた、五年間ずっと……

龍にとって父親はこれほど必要なのかと、求めていたのかと思い知らされた。

しかし、鷹見は龍を他の男とめぐの間に出来た子供だと思っている。

寝室で鷹見と龍が寝ている。

そのうち、鷹見が寝室から出てきた。

「やっと寝たよ、めぐ、毎日龍を寝かしつけるの大変だろ」

「そんなことないです、私も一緒に寝ちゃうので」

「そうか、なあ、龍の父親って堅気のやつだろ」

「えっ」

急に核心を突かれて狼狽《うろた》えてしまった。

「なんで一緒にいないんだ、結婚したんだろ」

「結婚はしていません」

「そうか」

急に鷹見の顔が明るくなった。

「相手の男が拒否したのか」

「違います、龍のことは話していません」

「どうしてだ」

（どうしてって言われても、話せるわけがないよ。）

鷹見の反応が怖かった。

「それなら、俺が龍の父親になる、めぐ、結婚しよう、血の繋がりがなくても大丈夫だ」

血の繋がりはあります、と今にも言い出してしまいそうになった。

（それに結婚って、一体鷹見さんに何が起こったんだろう。）

「鷹見さんは結婚していないのですか」

「独身だよ、めぐが俺の元を去って五年間、ずっとめぐだけ思って生きてきた。いつかめぐが俺の元に帰ってきてくれると信じてね」

「今も高沢組の皆さんはお元気ですか」

「高沢組組長は三年前病に倒れて亡くなったよ」

「高沢組はどうなったんですか」

「俺が鷹見組として後継者になり、組長をしている」

「そうなんですか」

「冬木さんやケンさんは……」

「冬木は鷹見建設の副社長で、商業施設建設に大きく貢献してくれたよ」

「その後怪我は大丈夫ですか」

「うん、大丈夫だよ」

「鷹見さんの怪我は大丈夫ですか」

鷹見はめぐを手招きした。

めぐは鷹見に近づいて、脇腹を見せてもらった。

鷹見は椅子に腰掛けていたので、めぐはしゃがみ込んで脇腹の傷痕を見た。

五年経っているのに、まだ生々しい傷痕に申し訳ない気持ちになった。

「ごめんなさい」

そう言って鷹見を見上げると、鷹見の唇がめぐの唇に触れた。

めぐは目を閉じると、涙が溢れて頬を伝わった。

鷹見はその涙を拭いながら、めぐの唇を啄《つい》ばむように優しいキスをした。

「めぐ、俺はめぐの気持ちを取り戻すと約束する。時間がかかるかもしれないけど、それまでめぐの嫌だと思うことはしないと誓うよ」

（気持ちを取り戻すって、私の気持ちはずっと鷹見さんから離れたことはないですって言いたかった、でも言えない。）

「俺が龍の父親になること、まじめに考えてみてくれないか」

めぐはどうしていいか分からず俯いた。

「五年間ずっと一人で頑張ってきたんだから、この先は俺にも手伝わせてほしい」

「鷹見さん」

「それとも極道は嫌かな」

「そんなことはありません、龍も後藤さんの背中を見て育ったんですから」

「それなら、あとはめぐに俺を好きになってもらえるように頑張らないとな」

（私はあなたが大好きですよ。

そう言いたかった。

でも鷹見さんは責任感が強い人だから、龍が自分と血の繋がりがあると知ったら、無理をしても私と龍を守ろうとする。

この先、好きな女性が現れたときの逃げ道を作ってあげておかないとかわいそうだよね。）

「めぐ、もう一度、めぐの唇に触れたい、嫌なら俺を突き飛ばしてくれ」

そう言うと、鷹見はめぐを引き寄せ、自分の膝に座らせた。

鷹見の顔が近づく、めぐは自然と目を閉じて鷹見のキスを受け入れた。

唇を啄ばむようにキスをして、鷹見の息遣いが荒くなっていくのを感じた。

舌が割り入れられて、呼吸が苦しくなる。

(もう、ダメ、これ以上は……)

めぐは自分の手を鷹見の胸に押し当てて離れた。

「ごめんなさい」

「いや、俺の方こそ、調子に乗り過ぎた、ごめん」

ちょっとの間沈黙になった。

「鷹見さん、五年前と変わりましたね」

「そうかな、組長の責任がかかってきたからかな」

「以前は無鉄砲で、強引で自分勝手で、言葉遣い悪くて……」

「おいおい、俺、いいところないんだね」

「そんなことありませんよ」

「じゃあ、俺のいいところ言ってみて」

じっと見つめられて顔が真っ赤になるのを感じた。

「責任感が強くて、目一杯愛してくれて、優しくて、かっこよくて……」

「じゃあ、なんで俺はめぐに嫌われたのかな」

「嫌いになったりしません」

「ほんとに？」

めぐは恥ずかしくなって俯いた。

「もうこんな時間だ、そろそろ寝ようか」

「はい」

「明日、冬木にめぐのこと話そうと思ってる、多分会いたいって言うと思うから、明日も泊まってくれる？」

「はい、分かりました」

「後藤さんには俺から連絡するね」

「よろしくお願いします」

「それから、龍の父親に今後も連絡取らないでほしい」

「はい」

「絶対にめぐの気持ち取り戻してみせるから、他の男に渡すつもりはないから」

鷹見に熱い眼差しで見つめられて、心臓の鼓動がドキドキした。

鷹見は次の日、後藤に連絡を取った。

「昨日はありがとうございました、ゆっくりめぐと話が出来ました」

「そうか、龍は迷惑をかけていないか」

「大丈夫です、いい子ですね、後藤さんは誰が父親かご存知ですか」

「あ、いや、知らない」

「そうですか、俺、龍の父親になりたいとめぐに気持ちを伝えました」

「めぐちゃんは何て言った？」

「まだ、龍の父親を忘れられないのか、いい返事はもらえませんでした」

「そ、そうか」

「すみませんが、今日もめぐと龍を泊まらせたいのですが、よろしいでしょうか」

「めぐちゃんが承知しているなら、わしは何も言うことはない」

「ありがとうございます」

第十二章　龍が俺の息子？

鷹見はこのまま、めぐを返すつもりはなかった。
三人で生活を共にして、結婚を考えていた。
龍は思ったより自分に懐いており、楽勝だが、めぐの気持ちがよく分からない。
鷹見を熱い眼差しで見つめたかと思うと、すっと鷹見の腕からすり抜けていく。
（龍の父親はどんなやつなんだ。
なぜ、別れることになったんだ。
めぐの妊娠を知らずに別れることになったのか。
まさか自分の息子とは夢にも思わなかった。）
会社に行き、冬木にめぐと龍のことを話した。
「本当ですか、めぐみさん、お元気ですか」

「ああ、仕事終わったらうちに来い」

「はい、お邪魔いたします」

そして、冬木とマンションへ向かった。

「めぐ、今、帰ったぞ」

「龍一、おかえり」

龍が勢いよく走ってきた。

鷹見は龍を抱き上げて抱きしめた。

「いい子にしてたか」

「うん」

めぐが奥の部屋から出てきた。

「鷹見さん、おかえりなさい。冬木さんお久しぶりです、その節はご迷惑をかけてしまい、申し訳ありませんでした」

「めぐみさん、お元気そうでよかったです」

そこで龍が冬木に声をかけた。

「おじさん誰?」

「俺は社長と一緒に仕事をしているんだ」

「おじさんも背中に龍いる?」

「龍、いきなり失礼よ」

めぐは慌てていた。

「大丈夫です、俺の背中には桜が散りばめられているんだ」

「見せて、見せて」

「龍」

「めぐみさん、大丈夫です、ちょっと向こう向いてて貰っていいですか」

「はい」

冬木は龍にせがまれて背中の刺青を見せた。

「わあ、すっごい、きれいだね」

「僕も大きくなったら、龍一や冬木みたいに背中に描きたい」

「龍、何言ってるの」

めぐは龍の言葉に狼狽えていた。

「龍、お前はママを守らなければいけない。ママを悲しませることはしちゃいけないんだ、分かるな」

「おじいちゃんにも言われた、ママ、ごめんなさい」

「でもな、もし、お前がよく考えて出した答えなら、あとはママを説得出来るかだな」

「分かった」

めぐは龍をじっと見つめて、不安そうな表情の中に、ちょっと安堵した部分も見え隠れしていた。

その時、冬木が言葉を発した。

「龍君は社長の若い頃に似てますね」

「そうか」

鷹見はめぐの戸惑った表情が気になっていた。

（もう、冬木さんは余計なことを言っちゃって、鷹見さんに分かっちゃうじゃない。）

絶対に隠し通さなければいけない事実だ。

龍が鷹見龍一の息子だということを……

「冬木さん、食事作ったので召し上がっていってくださいね」

「ありがとうございます」

龍はすっかり鷹見と冬木と意気投合してはしゃいでいた。

今日も鷹見は龍が眠るまで添い寝をした。

鷹見は寝室からそっと出てきた。

「かわいいな、龍の寝顔、ずっと見てても飽きないよ」

「ありがとうございました」

「明日は帰りますので」

「明日なんだけど、ケン連れてくるから飯食わしてやってもらいたいんだ」

「ピーマンと玉ねぎはぬきでたのむ」

「鷹見さん、まだ苦手なんですか」

「ピーマンと玉ねぎは食い物じゃねぇ」

「分かりました」

「明後日は土曜だから、高沢組長の墓参りに付き合ってもらいたい」

「後藤さんが心配します」

「めぐが納得しているなら、ずっとここにいてもいいって言ってくれたよ」

鷹見はめぐの手を握り、そっとキスをした。

そして手を引き寄せ、ぎゅっと抱きしめた。

「めぐ、愛している、このまま帰したくない、三人で一緒に暮らそう」

そう耳元で囁かれて、意識が遠のいていくような感覚に陥り、そのまま抱き上げられてソファに身体が沈んだ。

耳元から首筋に鷹見の唇は移動して、甘い吐息が漏れてしまった。

「めぐ、可愛いよ、最高だ」

ブラウスのボタンを一つ一つ外して、胸の膨らみを鷲掴みにされた。

下着のホックを外して、乳房がこぼれ落ちる。

乳頭にキスをして、そのまま強く吸われた。

「ダメ、いや」

「こんなに感じているのに、やめていいのか」

鷹見は下着の中に手を入れた。

「ほら、こんなに蕩けて大変なことになってる」

鷹見は股を広げて、唇を押し当てた。

「めぐのここはピンク色できれいだ、ほかの男が触れたと思うと頭がおかしくなりそうだ」

鷹見は指を入れた。

「俺を感じてくれ、めぐを最高に気持ちよくしてやる、ほかの男のことは忘れろ」

奥まで入って、もう我慢出来ないくらいに感じている。

「龍一、もっと、奥まで入れて」

今のめぐは感じることしか出来なかった。

「ああ、んん～っ、もうダメ」

めぐは最高潮に達した。

「キスして」

「ああ、今度は俺を受け入れろ」

鷹見自身は大きくはち切れんばかりだった。

トロトロに蕩けた部分に鷹見は躊躇《ちゅうちょ》なく入ってきた。

久しぶりの彼を受け入れためぐは、また感じておかしくなりそうになった。

「動くぞ」

激しく、彼自身は動き、めぐの奥深くまで辿り着き、そのまま果てた。

「めぐ、最高だ、俺はお前を一生離さない、覚悟しろ」

鷹見はめぐをベッドに運び、朝まで寄り添って眠った。

キングサイズのベッドに寝ていた龍が、朝になり起きてきた。

「ママ、どこ」

いつもは龍を移動するのはかわいそうだと、めぐが龍と一緒にキングサイズのベッドに寝ているのに、今朝はママがいなかったことに気づいて、龍がベソをかいていた。

急いで、部屋から出て、龍を抱きしめた。

「ごめんね、ママと一緒に寝ようね」

そう言ってキングサイズのベッドに移った。

鷹見はぐっすり寝ていた。

（私、昨日は鷹見さんに抱かれてしまった。）

ブレーキが利かなかった。

溢れる気持ちを止めることが出来なかった。

鷹見は隣で寝ているめぐを引き寄せようと、手探りでめぐを探した。もぬけの殻だと気づき、慌てて起き上がった。

「めぐ、めぐ」

鷹見は部屋を出てめぐを探した。

めぐはその声に慌てた様子で、キングサイズのベッドの部屋から出てきた。

「鷹見さん、私はここです」

めぐの姿を確認すると、鷹見はめぐに近づき抱きしめた。

「鷹見さん」

「めぐ、ごめん、俺は昨夜感情の赴くままにめぐを抱いてしまった。めぐの気持ちも確認しないで悪かった」

「大丈夫です、私だってあんなに乱れてしまって恥ずかしいです、嫌われたんじゃないかと心配でした」

「嫌いになんかならないよ、俺の抱擁にあんなに感じてくれて嬉しかった」

「もう、やめてください」

「なんでベッドを抜け出したの？」

「龍が起きてきて、私がベッドにいなかったのでベソかいていたんです」

「そうか、龍から大事なママを奪ってしまい悪かったな」

「大丈夫ですよ」

鷹見はめぐの手を握り、ソファに座らせた。

「めぐ、俺は若い頃は命知らずで、いつ命を落としても構わないと思っていた。でも高沢組長が亡くなり、組員の生活を守っていく立場になって、考えを改めたんだ」

「そうですか」

「めぐ、俺と結婚してくれ、そして龍の父親にならせてくれ」

めぐは少し考えてから、ゆっくり頷いた。

「本当に、結婚してくれるのか」

「はい、よろしくお願いします」

「そうか、よかった」

「鷹見さんは以前は平気で命を捨てる人で、安心して側にいることが出来ませんでした、でも組員の方達、そして鷹見建設の方々、そして私と龍のために、命の重みを感じてくれて、嬉しいです」

「こんなに大変だなんて思わなかったよ、みんなが家族なんだからな」

「そうですね」

「これから、俺を支えてくれ、頼んだぞ」

鷹見とめぐはキスをした。

そこへ龍が起きてきて、鷹見とめぐのキスを見て「僕も、僕も」と唇を頬にくっつけてきた。

「龍もか、パパにキスしてくれるのか」

「パパ？」

「そうだ、俺はママにプロポーズした。だから龍のパパになるんだが、ＯＫしてくれるか」

「龍一じゃなく、パパか」

龍は少し考えて思いもよらぬ言葉を発した。

「龍一、ママを大事にするって約束出来る？」

「約束するよ」

「じゃあ、いいよ、パパね」

「サンキューな」

なぜかめぐの表情が曇っていた。

「めぐ、何か心配があるのか」

「はい、後藤さんを一人に出来ません」

「それなら、このマンション空いてるし、呼び寄せれば、龍ともいつでも会える。どうかな」

「そうですね、話してみます」

鷹見とめぐは婚姻届を提出した。

このまま三人で平穏な毎日を過ごせると思っていたのに……

この状況は嵐の前の静けさに過ぎなかった。


めぐは後藤に事情を話した。

「そうかい、めぐちゃんが納得したなら、いいと思う、自分の思う道を進むといいよ」

「龍一さんがこちらで一緒に住みませんかって誘ってくれています」

「わしはここで十分だ」

「でも、私は後藤さんを父のように考えています。だからこちらで一緒に、龍だって寂しがりますから」

「考えておくよ、めぐちゃん、幸せになるんだよ」

後藤は泣く子も黙る全国を制覇した極道の中の極道、後藤組組長だった人だ。

めぐは小さい頃よりたくさん遊んでもらった、まるで親子のように……

だから、ここで一人にするわけにはいかなかった。

龍を妊娠してからこの五年間、後藤がいなかったら、めぐは生きてこれなかったかもしれないと思うほど、お世話になった。

龍だっていっぱい遊んでもらった。

やんちゃ盛りを後藤は時には父親のように叱り、時には祖父のように甘えさせてくれた。

本当に感謝しても、し切れないほどだ。

だから、三年前に牧瀬がこの世を去った時から、後藤がめぐの父だった。

いつでも娘のように可愛がり、めぐを助けてくれた。

これからは自分が親孝行の真似事でもいいから、面倒をみたいと思っていた。

鷹見もめぐの気持ちが分かり説得してくれた。

「後藤さん、まだまだ俺とめぐは親としては不慣れで頼りないです、だからめぐと龍を今まで通りお願いします。もちろん俺たちの部屋とは別に後藤さんの部屋を用意いたしますので、龍も喜びますから」

「ありがとう、考えさせてもらうよ。実は鷹見くんに話しておきたいことがあるんだ、一度東京へ行くよ」

「分かりました、お待ちしています」

まもなく後藤は鷹見と会うことになった。

後藤はめぐには知られたくない話をしたいと伝え、二人だけで話をした。

「お久しぶりです、めぐと龍が大変お世話になり、ありがとうございました」

「いや、こちらこそ、寂しい老後を龍と過ごすことが出来て感謝しているよ」

「早速ですが、話というのはどのようなことでしょうか」

後藤は深刻な表情で話を切り出しにくい感じだった。

「鷹見くん、実はめぐちゃんはわしの実の娘なんだ」

「えっ」

鷹見の中で衝撃が走った。

（めぐの身体の中には極道の血が流れている。

そして龍もまたその素質があるということか。）

鷹見はめぐが堅気で育っているから、龍には極道の道は歩んでほしくないという考えがあった。

後藤、鷹見、そして冬木の背中の刺青に龍が興味を示した時の、めぐの慌てようは、今でもくっきり目に焼きついているのだった。

「めぐはまだ知らないんですよね」

「俺は墓場まで持っていくつもりだった。しかし鷹見くんがめぐちゃんと結婚の道を選び龍の父親になる決心をしたと聞いて、鷹見くんだけには話しておいた方がいいと思ってな」

「そうでしたか」

「龍はわしの血の繋がった孫だ。あいつは度胸がある、わしの背中の刺青にも動じない、でも公園で知り合った友達には手を差し伸べる優しい子だ」

「はい、分かります」

「血は争えない」

　この言葉は鷹見の中で、後藤の孫だからと受け取った。

　でも後藤はさらに鷹見の子供だからという意味合いも含めていたことは、この時鷹見は全く分からなかった。

「めぐちゃんは弱音は吐かない、分かっているとは思うが、小さい頃から何事に関しても頑張り屋さんだった」

「そうですね」

「鷹見くんに甘えることは下手なようだ。君に迷惑をかけないように、といつも言っていた」

「はい、大丈夫です、俺はめぐと龍を生涯かけて守りますから」

「めぐちゃんは鷹見くん、君だけを愛している、このことは忘れないでくれ」

「はい」

　この時は、後藤の言葉の意味を理解出来ずにいた。

鷹見と後藤は、めぐと龍が買い物に出かけていた間にマンションで話をしていた。

まさかこの話をめぐが聞いていたなど想像も出来なかった。

バタンとドアが勢いよく閉まった音がして「ママ、どうしたの」と龍の声が聞こえた。

鷹見は急いで部屋から出てきた。

「パパ、ただいま、ママが……」

「龍はおじいちゃんと留守番していろ、ママは大丈夫だ、パパに任せろ」

後藤も何が起きているのか察しがついたようだった。

「龍をお願いします」

「鷹見くん、めぐみをたのむ」

「はい」

鷹見はめぐのあとを追いかけた。

「めぐ、待つんだ、めぐ」

鷹見はめぐの腕を掴んで引き寄せた。

めぐは涙を流して取り乱していた。

こんなめぐの姿を見るのははじめてだった。

鷹見はめぐを抱きしめて、落ち着かせた。

「めぐ、大丈夫、落ち着いて、大きく深呼吸しろ」

めぐは鷹見を見上げて、ワンワン泣いた。

まるで子供のように、自分の気持ちをどうしていいか分からなかったんだろう。

（ごめん、めぐ。

俺が軽率だった。）

でもいつかは真実が分かる時が来る。

鷹見はめぐの背中をさすって「大丈夫、大丈夫」と声をかけ続けた。

しばらくして、めぐは落ち着きを取り戻した。

「龍一さん、ごめんなさい」

「めぐが謝ることじゃない、俺が軽率だった、すまない」

めぐは鷹見を見上げて、じっと見つめた。

鷹見はめぐにチュッとキスをした。

「どうしましょう、後藤さんはショックを受けているんじゃないでしょうか」

「大丈夫だよ、極道はそんなやわじゃない」

「でもびっくりしました、まさか、後藤さんが私の父親だったなんて」

「そうだな、俺も驚いた」

「龍は大丈夫ですか、私、取り乱してしまって、龍を置き去りにしてしまいました」

「龍もそんなやわじゃない、なんてったって後藤さんの孫なんだからな」

（そして龍一さん、あなたの子供でもある。

私はこの時、背筋が凍る思いがした。

私は極道の娘、そして極道の龍一さんと結婚した。

龍は私と龍一さんの子供。

龍には極道の血が流れている。

思い当たる節はたくさんあった。

でもそれは龍一さんの血が流れているからと思っていた。

後藤さんの血まで流れているならなおさらのことだ。

私だってそう。

気が強い女ってよく言われたことがある。）

「落ち着いたら、帰ろう、みんな心配しているぞ」

「あのう、龍一さん」

「なんだ」

「私を堅気の娘と思っていたんですよね、極道の血が流れていると知って、嫌いになったりしませんか」

「堅気とか、極道とか関係ないよ、めぐはめぐ、ひとりの人間だ、嫌いになったりしない」

「龍もそうですか」

「龍は極道の血が流れているなら、鍛えがいがあるってもんだ」

「やめてください、龍は……」

「龍の将来は、龍本人が決めることだ。誰にも指図出来ない、たとえ親でもな」

鷹見とめぐはマンションに戻った。

マンションの外で、後藤と龍が待っていた。

「ママ、大丈夫」

「龍、ごめんね、ママ弱虫だからダメね」

「めぐちゃん」

「後藤さん、ごめんなさい、私、びっくりしてしまって、取り乱しました。後藤さんが父親でいやだとか、そうではないんです、ただ……」

「分かっておる、全てわしの責任だ、牧瀬はずっとわしとの約束を守り通してくれていたんだな」

そこに鷹見が声をかけた。

「そういえば、牧瀬さんはまだ入院中か」

「いいえ、三年前に他界いたしました」

「そうだったのか、お墓参りに行って報告しないとな、俺達の結婚を」

「はい」

そして鷹見とめぐは龍も連れて、高沢組長と牧瀬のお墓参りに出かけた。

「お父様、鷹見さんと結婚いたしました。それと後藤さんから真実を聞きました、私を自分の娘として育てて頂き感謝いたします。これからは後藤さんに親孝行いたします」

「おじいちゃん、僕龍だよ、龍一が僕のパパになったよ」

「はじめてお目にかかります、鷹見龍一と申します、めぐみさんと龍を幸せにすると約束いたします」

そして、めぐと龍を連れて車で高沢組長の墓に向かった。

高速を走りドライブも兼ねて出かけた。

「パパ、おしっこしたい」

「ドライブインに入るか」

そしてトイレと休憩を兼ねてドライブインに立ち寄った。

龍は一人でトイレに行った。

中々戻ってこなくて心配したが、やっと戻ってきた。

「お待たせ」

「遅かったな」

「うん、ちょっとね」

そして飲み物を買うため売店に行った時、老夫婦に声をかけられた。

「あのう、この子の親御さんでしょうか」

「はい」

「私は息子夫婦とドライブインに立ち寄った、風間と申します」

なんだろう、と鷹見は皆目見当がつかなかった。

「急で驚かれたと思いますが、どうしてもお礼を申し上げたいと思いまして」

（お礼？）

「私がトイレに入っていたところ、小銭入れを便器の中に落としてしまい、しゃがみ込まないと取れなくて、苦労していたところ、お宅の息子さんが声をかけてくれたんです」

「そうでしたか」

「事情を話すと、僕がとってあげると、しゃがみ込んで、取ってくれたんです」

鷹見は龍の行動に感動した。

「こんなに小さいのに、困っている人のために動けるとは、中々いません。躾《しつけ》が行き届いているんだなとびっくりしております、本当にありがとうございました」

「ぼく、ありがとうね」

「うん、大丈夫」

「では失礼いたします」

老夫婦はその場を後にした。

「えらいぞ、龍、困っている人には手を差し伸べるという気持ちは大事だ」

「うん」

鷹見は龍の行動に感激していた。

「めぐの躾がいいんだな、それに後藤さんの血筋だな」

鷹見はそう言ったが、めぐは龍一さんの血筋ですよと言いたかった。

世のため、人のために動ける優しい心を持ち合わせる龍一さんの息子です、と。

でも、めぐは龍には堅気の道を進んでほしかった。

もし、鷹見の息子だと知ったら、極道の道をまっしぐらのように思えて、怖かったのだ。

しかし、龍が鷹見と血の繋がった親子だという事実を知ることになるなんて誰が想像出来ただろうか。

お墓参りも無事終わり、マンションに戻ったのは夜になっていた。

「そういえば、龍は幼稚園には通わせてないのか」

鷹見から思いもよらぬ言葉が飛び出した。

「はい、お金もなかったですし、住んでいたところは幼稚園は山を越えていかないとなかったので」

「年長組から通わせることが出来るが、どうする？」

「そうですね、龍に聞いてみます」

そう言って龍本人に幼稚園に通うかどうかを委ねた。

「龍、幼稚園に通いたいなら行ってもいいとパパが言ってくれたんだけど、どうする？」

「幼稚園か、うん、行きたい」

「それなら、龍からパパにお願いして」

「分かった」

そして龍は幼稚園に通うことになった。

第十三章　過酷な試練

ところがしばらくして、龍は具合が悪くなった。

「どうしたんだ」

連絡を受けて心配した鷹見が病院に駆けつけた。

「検査をしてみないと分からないけど、胆道閉鎖症の疑いがあるって言われました」

「それってどんな病気なの？　治るんだよな」

「肝臓と十二指腸をつなぐ胆管という管が先天的（生まれつき）に、または生後まもなくふさがってしまい、肝臓から腸へ胆汁を出せない難治性の病気だって」

「龍はもう五歳だぞ、生まれた時そういうこと言われたのか」

「全くその症状はなくて何か他の要因じゃないかと」

めぐは手が震えて言葉もスムーズに出てこなかった。

鷹見はめぐの手を握って「大丈夫、大丈夫」と落ち着かせようとした。

先生から話があるとのことで、鷹見も一緒に話を聞いた。

「生体肝移植をおすすめいたします。ご両親のどちらかの肝臓の一部を移植する方法です。お父様は血液型は何型でしょうか」

「自分はB型です」

「そうですか、血の繋がりのある同じ血液型なら適応する可能性が高いです」

「あのう、自分は龍とは血の繋がりはないのですが……」

「そうでしたか」

めぐはドキドキして、冷静な判断が出来ずにいた。

「お母様は何型でしょうか」

めぐに先生の言葉は届いておらず、ずっと俯いたままだった。

「家内はA型です」

「そうですか、失礼ですが、龍くんの血の繋がったお父様に連絡はつきませんでしょうか。お父様ならB型の可能性があるので、ドナーとしては一番なのですが」

めぐには全く先生の言葉は入ってこなかった。その様子を察して鷹見は先生に「すみません、家内と話す時間を少し頂けますでしょうか」と配慮した。

鷹見は自分が龍を助けてやれないことに憤《いきどお》りを感じていた。

めぐに連絡は取るなと言っていたが、そんなことを言ってる場合ではなかった。

「めぐ、落ち着いて俺の話を聞いてくれ」

めぐはやっとの思いで、鷹見の顔を見つめた。

「龍を助けるためには、同じ血液型の父親の肝臓が必要だ。生体肝移植をしないと龍は助からない、龍の父親に今すぐに連絡を取れ」

めぐは鷹見の話を理解したようだったが、スマホを取り出す素振りは全く見せずにいた。

「めぐ、俺は連絡を取るなと言ったが、そんなこと言ってる場合ではない」

めぐは急に泣き出した。

「めぐ、しっかりしろ、奴の連絡先の番号は？」

「ごめんなさい」

「どうしたんだ」

「龍の父親は龍一さんです」

鷹見は愕然とした。

「だって、日付が合わないだろう」

「色々あって、ずれたんだろうって。それに私は龍一さん以外の男性に、抱かれたことはありません」

「分かった、先生に言ってすぐに手術をしてもらおう」

「でも、龍一さんが……」

「何言ってるんだ、龍の命が一番だ。それに一部だけだと先生も言ってただろう」

「ありがとうございます」

めぐは泣いていた。

「何言ってるんだ、俺の息子だ、ありがとうを言わなくちゃいけないのは、俺の方だ」

「えっ」

「それに、めぐを信頼出来なくてごめん」

めぐは首を横に振った。

「さ、早く先生のところに行くぞ」

鷹見とめぐは先生の元に向かった。

「先生、実は色々行き違いがありまして、龍は俺の実の息子です」

「そうですか、一応適応検査を受けていただきます」

「よろしくお願いします」

手術前に冬木に連絡を取り、会社のことを頼んだ。

「冬木、すまん」

「大丈夫です、龍くん、やっぱり社長の息子さんでしたね」

「お前、気づいていたのか」

「はい、それにめぐみさんが他の男性とは考えられなかったです」

「俺はめぐを信じてあげられなかった、情けないよ」

「手術の成功を祈っています」

「申し訳ないが、後藤さんとめぐをよろしく頼む」

「はい、お任せください」

そして鷹見と龍の同時手術が始まった。

めぐは手術室の前で、後藤と長い時間を過ごした。

「めぐちゃん、鷹見くんと龍は大丈夫だよ」

「私は何も出来なくて、龍一さんには申し訳ないと思っています」

「龍の父親が鷹見くんでよかったよ、そう思わないか」

「思います」

「この先、二人を支えていくのがめぐちゃんの仕事だ」

「そうですね」

無事に手術は終わった。

二人とも集中治療室で様子を見ることになった。

龍は奇跡的な回復力を見せ、鷹見の肝臓は適合した。

ところが、鷹見に中々回復の兆しが見えてこなかった。

「先生、主人は大丈夫でしょうか」

「臓器移植は与えられる方は適合すれば、なんの問題もないんですが、与えた方は負担が大きいんです」


龍一さん、どうしよう、私はあなたなしでは生きていけない。

この五年間、あなたの様子を陰からずっと見守っていました。

後藤さんが昔の仲間に頼んで、様子を報告してくれていたんです。

元気でやっていることが分かるだけで、安堵していました。

詳しいことは分からなくても、龍一さんが生きているだけで幸せでした。

お願い、私を一人にしないで、ずっと一緒に生きていこうって約束したでしょ。

龍一さん、私ははじめてあなたと巡り合った時、強く惹かれるものがありました。

だから、あなたにはじめてを捧げた。

極道だと知った時も、後悔はなかった。

ただ、あなたは私のために、易々《やすやす》と命を投げ出す人だったから、そんなあなたの側には怖くていることが出来なかった。

龍を授かって、人生の中でこんなに嬉しかったことはなかった。

成長していく龍は、あなたにそっくりで驚きました。

ただ父親がいないことだけが、龍にとってかわいそうだと、いつもごめんねって謝っていたんです。

ところが五年振りに再会したあなたは、命を大切にして、社員と組員のために働く大人になっていました。

別の魅力に惹かれ、私はドキドキしていました。

龍が刺青に興味を示しはじめて、戸惑ったのは事実です。

出来れば堅気の世界で生きてほしかったから。

でも血は争えないですね。

当然です、私に極道の血が流れているんですから。

龍一さんは言いましたよね。

将来進むべき道を決めるのは本人だと……

お願い、私はあなたの側にずっといたい。

目を覚ましてください。


鷹見は中々目を覚まさなかった。

龍は日に日に元気になっていった。

めぐは毎日、鷹見の元に通った。

集中治療室から中々出てこられない鷹見に声をかけ続けた。

めぐはマンションと病院の行き来で疲れがピークに達していた。

ある日冬木から連絡があり、マンションで話をすることになった。

「社長の様子はいかがでしょうか」

「まだ意識が戻りません」

「龍くんはどうですか」

「龍は元気を持て余しています」

「そうですか」

冬木は一見極道には見えない。

鷹見より年上だと聞いたことがあるが、結婚はしないのだろうかと、めぐは冬木に聞いた。

「冬木さんは愛しい方はいらっしゃらないのですか」

冬木は恥ずかしそうに俯いて「いません」とだけ答えた。

「そうですか、会社の方は任せっきりですが大丈夫ですか」

「はい、大丈夫です」

「それはよかったです」

「少し休まれてはいかがですか、お疲れのようにお見受けします」

「大丈夫です、ご心配いただきありがとうございます」

以前より冬木がめぐに好意を寄せていることなど気づかなかった。

まもなくめぐは連絡をもらい病院へ向かった。

鷹見の意識が戻ったとのことだった。

「先生、龍一さんの意識が戻ったんですか」

「はい、しかし、驚かないで聞いてください」

めぐはなんだろうと息を飲んだ。

「ご主人様、鷹見龍一さんは記憶障害の症状があります」

「記憶障害？」

「先ほど診察をしたところ、自分の名前は分かっています。ただ高沢組若頭と言っておられます、家族はいないと。なのでなぜ自分が入院しているのか分かっていないようです」

「私のことも分からないでしょうか」

「なんとも申し上げられません」

「主人と話せますか」

「はい」

めぐの心臓の鼓動がバクバク音を立てていた。

（私のことも分からないのかな。）

病室へ案内されて、先生の後に入った。

「鷹見さん、ご気分はいかがですか」

「ご気分はいかがですかじゃねえよ、なんで俺は入院してるのかさっさと説明しろ」

全く、元に戻ってる感じを受けた。

高沢組若頭鷹見龍一に……

「今日は鷹見さんの奥様をお連れしましたよ」

めぐは先生に言われて、鷹見の前に進み出た。

じっとめぐを見つめてる。

「先生、冗談はなしにしようぜ、こんな女知らねえよ」

まわりの音が何も聞こえなくなり、ポカンと穴が空いたように何も考えられなかった。

「少し、お話してみてください」

先生は病室を後にした。

「おい、名前は」

めぐはショックが大きすぎて鷹見の言葉が入ってこなかった。

「聞いてんのかよ、名前だよ、名前」

「鷹見めぐみです」

「鷹見？　そうかお前俺の女なんだよな」

　めぐは俯いて黙っていた。

「何企んでるんだ」

「何も企んでなんていません」

「俺、なんでお前と結婚したんだ」

「分かりません」

(何も考えられなかった、龍一さんが私のどこをいいと思って結婚してくれたのかなんてこっちが聞きたい。)

「おい、俺の肝臓移植したガキは助かったのか」

「はい、おかげさまで、ありがとうございました」

　めぐは深々と頭を下げた。

「別にいいってことよ、まっ、なんだ、俺のガキなんだよな」

「はい」

「じゃあ、しょうがねえな」

　沈黙が続いた。

「それじゃあ、退院すっかな」

「えっ、先生の許可下りたんですか」

「俺がいいんだからそれが全てだ、この命組長に捧げてっから惜しくねえ」

「何を言ってるんですか、もっと自分を大切にしてください」

めぐは涙が頬を伝い止まることがなかった。

「泣くんじゃやねえ、女の涙には弱いんだ」

「お願いですから、命は一つしかないんです」

「分かったよ、うっせーなあ」

（もう、子供に戻ってる。）

そこに先生がやってきた。

「お話はすみましたか」

「先生、退院してもいいだろ、俺、忙しいだけど」

「しばらくお仕事は休んでくださいね」

「退院はしてもいいか」

「そのかわり通院してください」

「よっしゃあ」

鷹見は退院することになった。

「おい、ガキに会えるか」

「はい、面会の手続きをしてきます」

そして龍の病室に向かった。

「龍、パパが元気になったわよ」

「パパ、よかったね」

「おお」

「パパ、ありがとう」

「おお」

「パパ、さっきから『おお』しか言わないよ」

「おお」

龍はケタケタ笑っていた。

「龍、パパは退院することになったから、手続きしてまた来るね」

「大丈夫だよ」

鷹見はじっと龍の顔を見ていた。

「おい、ガキ、お前も早く退院しろ」

「うん、分かった」

「よし、またきてやるからありがたく思え」

「うん」

龍の病室を後にした。

「あのガキいくつだ」

鷹見は真剣な面持ちでめぐに話しかけた。

「五歳です」

「そうか」

鷹見は何かを考えているような表情を見せた。

めぐは冬木に鷹見の退院を連絡した。

病院の入り口には黒の高級車が停まっており、強面《こわもて》の男達がずらっと並んで、頭を下げていた。

「組長、退院おめでとうございます。あねさん、お疲れ様です」

(もう、勘弁してほしい。

いつまで経ってもあねさんって呼ばれるのは慣れない。)

「あのう、めぐみでいいですから」

冬木は鷹見建設副社長で、鷹見組の若頭だ。

二人の時はめぐみさんって呼んでくれるのに、若頭の立場になるとまるで別人だ。

「おい、お前ら何言ってるんだ、俺はまだ組長じゃねえよ」

すかさず、冬木が鷹見の前に進み出た。

「鷹見龍一は鷹見組の組長になられました、詳しいことはマンションに戻ってからお話いたします」

そして車に乗り込み、病院を後にした。

車がマンションに到着すると、冬木も部屋に入り、鷹見に説明をはじめた。

「組長、あなたは現在鷹見組組長です。そしてそこにおられる方があねさん、つまり組長の奥様です。そして病院に入院されているぼっちゃまが組長のご子息になります」

「俺はそんなに長い間眠っていたのか」

「はい」

「あのガキが俺のガキってことは、この女を抱いたってことだよな」

「そういうことになります」

そして鷹見はめぐをまじまじと見つめた。

(それは不思議だろう、なんでこんな女を俺が相手にするわけないだろうと思っているに違いない。

私だって不思議に思っているんだから……)

「そうか、分かった、冬木、お前もう帰れ」

「はい、それではしばらく静養ください、では」

冬木はマンションを後にした。

「ちょっと買い物行ってきます」

「おい、待て」

「はい」

「いつも一人で出歩いてるのか」

「はい、そうです」

「ばかやろう、何考えてるんだ、だから堅気のお嬢さんは困るんだ、危ないだろう」

「でも……」

「俺が一緒に行ってやる」

(いやいや、龍一さんと一緒の方が危ないでしょ。)

「あのう、私が龍一さんの奥さんだって、分からないし、龍一さんと出歩いたらみんなに教えているようなものです」

「まっ、それもそうだな」

「大丈夫ですよ」

　めぐはさっさと出てきてしまった。

(龍一さんの方が危ないでしょ、私じゃ守れないし……)

　買い物にちょっと時間がかかってしまい、マンションに戻ろうとしたら、鷹見がマンション前でウロウロしていた。

「龍一さん、何をしているんですか」

「おお、おせえからどうしたかと思って心配したぞ」

（えっ、私を心配してくれたの？）

「ありがとうございます」

「おお、大丈夫だったか」

「はい」

「荷物持ってやるよ、貸せ」

（優しい、そういえば優しいところもあったんだっけ。）

部屋に入ると、ちょっとバランスを崩し、倒れそうになった。

「きゃっ」

「大丈夫か」

鷹見はめぐを支えた。

その時、グッと顔が接近した。

じっと見つめられて、あっと言う間に唇を塞がれた。

第十四章　お前は最高だ

めぐの唇を啄ばむように、そしてそのうち舌が割り入れられた。

「んんっ、ううん」

鷹見の唇は首筋へと移っていく。

「ああっ、んん」

そして、胸を揉み出した。

「いや、ダメ」

「いやって反応じゃねえぜ」

そのままソファに押し倒されて、めぐの上に覆いかぶさった。

乳房を大胆に動かし、ブラウスの裾から手を入れてブラジャーのホックを外した。

乳房が露わになり、鷹見はめぐの乳房を舐め上げた。

「ああ、ん～ん」

そのまま、手は太腿から下着の中に入った。

「やべえ、トロトロだぞ、これじゃ、すぐ入っちゃうな」

指を入れて動かしはじめた。

「ああ、ダメ、気持ちいい」

「もっと気持ち良くしてやる」

グッと股を開き、舐め上げた。

「きゃっ、そんなことしたらダメ」

自然と腰が動いてしまった。

「そんなに俺が欲しいか」

そして鷹見はめぐの中に入ってきた。

「マジかよ、すっげえ、最高にしまって気持ちいい」

しばらく、めぐと鷹見はお互いに溺れた。

気がつくと、ソファの周りには脱ぎ散らかした洋服や下着が散乱していた。

久しぶりの鷹見の抱擁に最高に乱れてしまった。

気づくと鷹見にギュッと抱きしめられていた。

じっと見つめられて、ドキドキが半端ない。

「めぐ、俺はお前の虜《とりこ》だ、毎日お前を抱きたい、他の男に抱かれたら命はないと思え」

（えっ、どこかで聞いたことのあるセリフ。）

そう、はじめてを捧げた時、鷹見に言われた言葉。

（あの時と同じ気持ちになってくれたの？

信じられない。）

めぐは少女のように気持ちがウキウキしていた。

鷹見のめぐへの思い、確実にめぐを愛している、でも心配なことが一つだけある。

それは命を惜しまない無鉄砲なところ、組長の自覚はまだない。

記憶さえ戻れば問題ないが、未だに高沢組若頭鷹見龍一なのだ。

そんな矢先、以前戸部副社長の依頼で冬木を刺した森山組のチンピラが、当時森山組組長に破門されて鷹見を恨んでいた。

刑務所を出たり入ったりを繰り返し、鷹見をずっと付け狙っていたのだ。

冬木がその情報を掴んで報告してきた。

「組長、森山組のチンピラが組長の命を狙っているとの情報を掴みました。外出は控えてください」

「チンピラ如きに鷹見龍一が恐れを抱くなんて出来ねえ、この命惜しくねえ」

「龍一さん、命を大事にしてくれる約束でしたよね」

「俺は極道だ、逃げたとあっちゃあ、男が廃《すた》るんだよ」

「とにかく、組員で全力でお守りいたしますので、組長も身の安全を最優先してください。それからあねさんも。奴はあねさんの顔を認識していますので、十分気をつけてください」

冬木はその場を後にした。

当時冬木がめぐを庇って刺された事件、あの時の犯人が今度は鷹見を狙ってる。

(私も狙われてるの？

冬木さんも鷹見組の組員さんも誰も怪我人は出したくない。

どうして極道の世界は命を重く見ていないのだろう。)

「めぐ、お前は俺が守ってやるからな」

「だ、大丈夫です」

「お前さあ、ほんとに気が強いな、堅気にしとくのもったいねえよ」

(私の身体には極道の血が流れてるからかもしれない。)

「誰も怪我しないで解決することを望んでいます」

「まあな、でも多少の血を見るのは仕方……」

「ダメです、犠牲になったり、自ら命を落としたりしないでください」

めぐは鷹見の言葉を遮って訴えるように気持ちを伝えた。

「分かったよ」

「私、これから後藤さんの様子を見に行ってきます」

「後藤さん？」

「私の父です」

「俺も行くよ、挨拶しとかねえとな」

鷹見とめぐは後藤の部屋に向かった。

同じマンションの下の階にいる。

当時、なんとか説得して、引っ越ししてもらった。

山の奥に住んでいた後藤は「東京はすかん、空気が良くねえな」とあまり引っ越しには乗り気ではなかったが、めぐと龍のそばがいいと折れてくれた。

「後藤さん、食事持ってきましたよ」

「おお、いつもすまんな、龍の様子はどうだ」

「体力を持て余しています」

そこに鷹見が後ろから顔を覗かせた。

「はじめてお目にかかりやす、高沢組若頭、じゃなくて、鷹見組組長をやらせてもらっていいます鷹見龍一と申しやす。めぐみとの結婚を許していただきありがとうごぜえます」

「おお、退院したんだな、よかった、よかった、頭を上げて」

そして、鷹見は頭を上げて、後藤の顔を見た。

「後藤組組長、お久しぶりです、高沢組で世話になっていました若頭の鷹見龍一です。その節はお迷惑をおかけしてすみませんでした」

そう挨拶をして深々と頭を下げた。

「鷹見くん、今は後藤組は解散して、老いぼれ爺さんだ、めぐみをよろしく頼むよ」

「はい、それはもちろん……えっ、めぐは後藤さんの娘ですよね、ということはめぐは極道の血が流れている？　おいなんでそんな大事なことを黙っていたんだ」

鷹見は狼狽えていた。

「私も最近知ったんです」

「そうなのか」

「牧瀬の父の娘だとばかり思っていたんですもの、驚きました」

「龍は将来極道だな」

「やめてください、まだ決めつけるのは早いです」

めぐは鷹見を睨んだ。

「分かったよ、そう睨むなよ、あねさんの貫禄すげえぜ」

子供みたいなところはもちろん大好きだけど、やはり命を重んじる大人になってほしいと願っていた。

そんな命を狙われている張り詰めた状況の中、事件は起きた。

めぐと鷹見が部屋に戻ると、鷹見はめぐを質問攻めにした。

「おい、後藤組長の娘だったなんて驚きだよ、俺、どうやってめぐを口説き落としたんだ」

「俺の女になれって」

「マジかよ、それでその時後藤組長の娘だって分からなかったんだよな」

「そうですね、私だって知らなかったんです」

「めぐは俺にすぐにＯＫくれたのか」

「そうですね」

「そんなに俺とのセックスよかったか」

「もう、知りません」

めぐは真っ赤な顔をして恥ずかしがった。

鷹見の中にめぐを口説き落とした記憶はない。

（でも、この間抱いた時も、えらく興奮した。

すっげえ気持ちよかった。

それに今も、こんなに真っ赤な顔して恥ずかしがる態度はすっげえ惹かれる。）

この女と結婚を決めた自分の気持ちが分かる気がしてきた。

鷹見は一人で行動するなと冬木に言われたが、大丈夫だろうと高を括っていた。

そして、タバコを買いに外に出た。

「龍一さん、龍一さん」

まさか、一人で出歩くなんて思いもしなかっためぐは油断した。

冬木に「今の組長は無鉄砲な若頭だった頃の記憶しかないので、平気で出歩くと思うので様子を見ててください、一応、若い奴らを配置させておきますが、よろしくお願いします」と言われていた。

どこにも鷹見はいない。

外に出たんだろうと咄嗟に思った。

めぐはすぐに外に出た。

多分裏から抜け出たんだろうと思い、裏手の階段を降りた。

鷹見の後ろ姿を捉えた。

「龍一さん」

その時、物陰から一人の男性が現れた。

手にナイフを持っていた。

(龍一さんが刺されちゃう。)

そう思っためぐは冬木に連絡するより先に身体が動いていた。

鷹見に抱きついた瞬間、脇腹に痛みが走って、血がドクドク流れ出した。

その男は鷹見組組員に取り押さえられた。

「めぐ、めぐ」

鷹見はめぐを抱きしめて、おびただしい血が流れ出てる脇腹を押さえた。

「なんで飛び出した、なんで俺を庇った、めぐ、めぐ、しっかりしろ、救急車を早く」

めぐは救急車で病院に搬送された。

第十五章　めぐ、俺を一人にしないでくれ

（龍一さんの叫び声が遠くに聞こえる、意識が薄れていく。
私、刺されちゃったの？
身体に力が入らない。
このまま死んじゃうの。
周りの音が小さくなって、だんだんと聞こえなくなった。
死ぬ時ってこんな感じなの？
龍一さんが無事ならよかった。
誰も怪我人を出したくないと思って、自分が怪我したんじゃしょうがないな。
もしかしてこのまま死んじゃうかもしれないんだ。）
そのうち意識がなくなった。

鷹見はめぐのベッドの側でめぐの手を握り、祈った。

頼む、めぐの命を助けてくれと。

(この時、俺の脳裏に色々な場面が走馬灯のように駆け巡った。

めぐとの出会い、そしてめぐとの別れ、そしてめぐとの結婚。

息子龍との生活、俺はめぐを愛している。

めぐ、記憶が戻ったよ、めぐが命を大切にしてほしいと言ったことも。

それなのにこんなことになるなんて、愛している人の命がなくなる気持ちが、こんなにも耐え難いなんて、めぐ、俺を一人にしないでくれ。)

鷹見は全ての記憶が戻った。

龍のことが気になり、病室へ向かった。

「パパ、ママは?」

しっかりしているようだが、やはり母親が恋しい五歳児だ。

「ママは、パパのことや龍のことで、ちょっと疲れたみたいだから、休むようにパパから言ったんだ」

「そうなんだ、そうだね、ママは頑張り屋さんだから……」

この時、龍目線でのめぐみの様子を教えてくれた。

「ママはパパがいない時、いつも泣いていたよ、僕がおしっこ行く時、泣いてた」

「そうか、後藤のおじいちゃんとはずっと一緒だったのか」

「うん、いつも一緒にいてくれたよ」

「よかったな」

（めぐは後藤さんを頼りにしていたのだろう。

後藤さんには感謝の気持ちでいっぱいだ。

五年間もめぐと龍を支えてくれたんだからな。）

「冬木も時々きてくれたよ」

「えっ、冬木が……」

「うん、おもちゃ買ってくれたよ」

（あいつ、五年間ずっとめぐを陰ながら支えてくれたんだな。）

「あとね、おじいちゃんの真似をして、クレヨンで腕に龍を描いたら、ママにすごく怒られた」

「そうか、ママはそういうのは嫌いだからな」

「でも、おじいちゃんもパパも、冬木もみんな背中に描いてあるのにね」

「そうだな」

めぐは龍に堅気の生活を送らせたかったんだろう。

「龍、パパはこれからママのところに行くから、大人しくしていろな、またくる」

「うん」

鷹見は病室を後にした。

その足でめぐの元に向かった。

めぐは未だに意識が戻らない。

そこへ冬木がめぐの様子を見にきた。

「あねさんの様子はいかがですか」

「冬木、ちょっと顔かせ」

鷹見は冬木に事情を確かめた。

「お前、俺に報告することはないか」

冬木は鷹見の言ったことを察して戸惑っていた。

「俺は全て記憶が戻った、俺は鷹見組組長だ」

「組長、良かったです」

「めぐは俺の命だ、でもめぐが俺に命の大切さを教えてくれた。そのために五年間俺の元を離れ、辛い厳しい生活を強いられた。お前、五年間めぐを支えてくれたんだな」

「申し訳ありません、後藤のおじきから聞いたんですか」

「いや、龍だ」

「龍坊ちゃんが……」

「ちゃんと見ていたんだな」

冬木は恥ずかしそうに俯いていた。

「龍のことなんだが、跡目は継がせない」

「どうしてですか」

「めぐの希望だ」

「あねさんの？」

「龍には堅気の生活を送らせたいみたいだ」

鷹見はなるべくめぐの気持ちを優先してやりたいと考えた。

そして、めぐの元に向かった。

（めぐ、安心してくれ、鷹見組は俺の代で終わりにする。

鷹見建設会社で社員と組員を食わして行けるようにするつもりだ。

当たり前の堅気の生活を三人で送れるようにしよう。

めぐ、早く目覚めて俺に笑顔を見せてくれ。）

鷹見は毎日めぐの病室に向かった。

手を握り、早く目覚めてくれと祈った。

第十六章　俺は極道を捨てる

そんなある日、鷹見は疲れが出たのか、めぐの手を握りながら居眠りをしてしまった。

めぐはどこか知らない場所に来ていた。

ここはどこ？

向こうから誰かが手招きをしていた。

誰だろうとそっちの方向に近づこうとした。

すると、後ろから「めぐ、そっちに行っちゃダメだ、こっちにこい」と声をかけた男性がいた。

振り向くと、鷹見がめぐを呼んでいた。

（龍一さん、どうしたの、ここはどこなの？）

でも鷹見は答えてくれず、ただただこっちに、俺の方にこいと言うだけだった。

めぐは鷹見について行こうと決めた。

(龍一さんは私の大好きな人。

龍を私に授けてくれた大切な人。

私のはじめてを捧げた人。)

めぐは鷹見の胸に飛び込んだ、そして手をギュッと握り締めた。

目を静かに開くと、天井が見えた。

身体が痛い。

ゆっくり、あたりを見回した。

すると、鷹見がベッドに眠っていた。

「龍一さん、龍一さん」

めぐはか細い声で愛しい人の名前を呼んだ。

すると、鷹見は目を開いてめぐをじっと見つめた。

「龍一さん、ここはどこ?」

「めぐ、意識が戻ったのか、今ナースコールする」

そして鷹見はナースコールをして看護師を呼んだ。

まもなく、先生と看護師が駆けつけて、診察した。

「分かりますか、ここは病院です」

病院？

（そうだ、私ナイフで刺されたんだ。）

脳裏を今までのことが走馬灯のように走り抜けた。

「龍一さん、怪我はないですか」

やっとの思いで声を絞り出した。

「俺は大丈夫だよ、めぐの方こそ意識が戻ってよかった」

「龍は、龍は大丈夫ですか」

「龍も元気だよ、心配するな」

めぐはなにか鷹見の感じが違うような気がした。

「龍一さん、もしかして記憶が戻ったんですか」

「ああ、分かるか」

「はい、だって落ち着きのある大人の雰囲気が感じられますよ」

「そうか」

「よかった、命を大切にしてくれますね」

「ああ、めぐを失う怖さをしみじみ感じた、こんな思いは懲《こ》りごりだよ」

「よかった」

そしてめぐは少し眠りについた。

鷹見は神に感謝した。

めぐと龍が側にいれば、あとは何も望まない。

鷹見にとって大切な存在だと今になって気づいた。

怖いもの知らずの鷹見が、めぐを失う怖さを知った。

めぐが退院したら、これからの生活を話し合いたいと決心した。

極道鷹見龍一は鷹見建設会社社長として堅気の道を生きていくと決めた。

しかし、これからの道は険しい道だと覚悟を決めた。

案の定、極道の鷹見に世間はそんなに甘くはなかった。


鷹見が堅気になるという情報はあっという間に広まった。

一番はじめに鷹見に目をつけたのは、森山組組長だった。

鷹見は森山組組長に呼び出された。

「最近、変な噂が飛び交っているんだが、間違いだよな」

「どんな噂でしょうか」

「鷹見、堅気になるなんて間違いだよな」

「本当です」

組長は大きなため息をついた。

「鷹見、うちに来い、若頭として迎えるぞ」

「申し訳ありませんが、お断りいたします」

「なぜだ、刺青背負った極道が堅気の世界で受け入れてもらえると思っているのか」

「難しいかもしれませんが、叶わないとは思いません」

「お前はエリート極道だ、頭はキレるし、腕っ節も強い、堅気になるなどもったいない、考え直せ」

「話はそれだけならこれで失礼いたします」

鷹見は森山組を後にした。

鷹見はほとんどの組員に町のための行事に参加させて、商業施設の仕事をさせてもらった。

何人かは鷹見建設会社で社員として働いてもらった。

森山組組長の言う通り、困難を極めた。

商業施設の中の商店街の人達は鷹見の計らいで、店を続けられると、鷹見の行いに感謝してくれた。

組員も快く受け入れてくれた。

しかし、他の店舗の人達は噂話が絶えず、あること、ないこと触れ回っていた。

まさか、それが森山組組長の差し金とは、後になって分かった。

「社長、森山組組長が社長を森山組へ引き抜こうと画策しているようです」

「全く困ったもんだな」

「実はケンが商業施設の中の店舗の娘さんといい仲になりまして」

「へえ、いいことだ」

「ところが、親御さんの反対にあって悩んでいます」

鷹見は極道が堅気の世界で生きていくことは色々な意味で難しいと感じていた。

過去の過ちは消せない。

このことはどうすることも出来ない。

あとは堅気の人達の気持ち次第だと強い思いを感じた。

そんな矢先、若い奴らが酷い怪我を負った。

「どうした」

「森山組の奴らが喧嘩を仕掛けてきたようです」

冬木が鷹見に報告した。

「うちの奴らは社長とめぐみさんのためと、手を出さなかったようで、一方的に殴られたようです」

「そうか、本当に申し訳ないな」

「どういたしましょうか」

「森山組組長のところに行ってくる」

鷹見は話し合いに森山組組長の元へ向かった。

「おお、鷹見、その気になってくれたか」

「卑怯な真似はしないでいただきたい」

「卑怯な真似？　何のことかな」

鷹見は手に握り拳を作り怒りを抑えていた。

「うちの若い奴らを構わないでください」

「腑抜けになったみたいだから、極道の基本を叩き込んでやっただけだ」

「これ以上このようなことが続くのなら、こちらにも考えがあります」

「無駄な血は流さずに、鷹見、極道の世界に戻って来い。お前が首を縦に振れば済むことだ」

「お断りいたします」

鷹見は森山組を後にした。

考えなど何もなかった。

どうすればいいか悩みは尽きなかった。

幸いにもめぐと龍は未だに病院に入院中で、命を狙われることはなかった。

鷹見はめぐと龍の様子を見るため病院へ向かった。

龍は順調に回復していた。

めぐの病室を訪れると「龍一さん、何か悩み事ですか」と尋ねてきた。

「えっ」

鷹見は驚いて何もかもが見透かされていると感じた。

「どうしてそう思うんだ」

「だって、顔に書いてありますよ」

めぐはニッコリ微笑んだ。

鷹見はめぐのベッドに腰を下ろし、めぐを抱きしめた。

「龍一さん」

「俺は何を迷っていたんだ、めぐがいれば俺は頑張れるんだよな」

「龍一さんの思うようにしてください、私はずっと龍一さんと一緒ですよ」

「めぐ、ありがとう」

鷹見はめぐのおでこにキスをした。

めぐはすぐに冬木と連絡をとった。

「冬木さん、明日、病室に来ていただけますか」

(龍一さんは何かに悩んでいる。

解決策を見出せないでいる状態なんだろう。)

「めぐみさん、その後体調はいかがでしょうか」

「大丈夫ですよ、それより、龍一さんは何を悩んでいるのでしょうか」

冬木は黙ったままだった。

「冬木さん、話してください、もしかしていいアイデアが浮かぶかもしれないでしょ？」

冬木は事情を話した。

「そうなんですか」

「社長は堅気の世界で会社のトップに立てる実力を持っています。また、極道としても抜きん出ています、森山組長が欲しがるのも分かります」

「そうですね、分かりました、教えて頂きありがとうございました」

「自分は社長を全力でお守りするだけです、では失礼します」

冬木は病室を後にした。


龍一さんは堅気になろうとしているんだ。

私と龍のために……

でも、ほかの極道の人がそれを許さない、また堅気の人達も極道を受け入れる勇気がないのだろう。

同じ人間なのに、私だって龍を極道の世界ではなく、堅気として生きてほしいと思っている。

何かいい方法がないのだろうか。

その時、父である後藤がめぐの病室に現れた。

「めぐ、具合はどうかね」

「おじさま」

ベッドから起きあがろうとしためぐを制して後藤が近づいた。

「そのままで大丈夫だ、顔色がいいから心配ないな。今、龍の様子も見て来たんだが、元気だったよ」

「ありがとうございます」

「めぐ、もう絶対に無茶はせんでおくれ、いいね。わしの寿命を縮まらせるつもりか」

「ごめんなさい、反省しています。思うより先に身体が動いてしまって」

後藤はやれやれといった表情でめぐを見つめた。

(そうだ、おじさまなら極道の世界で生きてきた人だから、龍一さんの悩みを解決してくれるかもしれない。)

後藤は元後藤組組長、関東の極道の組を束ねていた、知らないものはいない、そして誰一人逆らうことが出来ないほどの実力者であった。

「あのう、相談に乗っていただけますか」

「なんだ改まって」

めぐは後藤に全て話をした。

「そうか、鷹見を欲しがる極道はたくさんおるからな」

「でも、龍一さんは私と龍のために堅気になろうとしてくれてます。ケンさんだって、彼女さんのために頑張っているんです」

「分かったよ、わしに任せてくれるか。森山は根っからの極道だからな、わしの話に耳を傾けるか分からんがな」


わしは後藤組を束ねていた頃、組長として、名を馳せていた。

関東のほとんどの極道の頂点に君臨していた。

その頃だな、めぐみの母親と知り合ったのは……

その女は堅気の娘だった。

しかし、気が強く決して自分の気持ちを曲げることはなかった。

わしは一目で惚れた。

あいつはいつもわしの背中の刺青にキスをしてくれた。

「後藤さん、私はあなたを好きになりました、お願い、私を抱いてください」

そして激しく、狂おしいくらいにめぐみの母親を抱いた。

しばらくして、めぐみの母親は言った。

「あなたと私の赤ちゃんが出来ました、産んでもいいですか」

わしはこの女との結婚を考えた。

しかし、その女は俺との結婚は望んでいなかった。

お腹が大きくなり、臨月を迎えた頃、俺は堅気になる道を選んだ。

ところがあいつはめぐみを産んでこの世を去った。


後藤は森山組に向かっていた。

「森山組長はおるか」

「なんだ、爺さん、組長に何のようだ、アポはあるのか」

「後藤千太郎がきたと伝えてくれんかのう」

「後藤千太郎」

若い奴らは後藤の顔は分からないが名前だけは聞いたことがあると見えて「申し訳ありません、すぐに組長に申し伝えます」そう言って慌てて奥に引っ込んだ。

すぐに森山組長は出迎えてくれた。

「後藤のおじき、申し訳ありません、うちの若いもんが失礼なことを……」

「大丈夫だ、ちょっと上がらせてもらってもいいかのう」

「はい、どうぞ」

　そして、後藤は応接間に通された。

「早速だが、鷹見を引き抜こうと色々画策しているというのは本当かね」

「あ、はい、あいつは最近堅気になると言い出しまして、極道の世界になくてはならない存在です、中々説得に応じようとしません」

「森山、鷹見は諦めてくれるか」

「はあ？　どういうことでしょうか」

「鷹見はわしが貰う」

「えっ、おじき、また組を立ち上げるおつもりですか」

「いや、あいつは堅気にさせる」

「どうしてですか」

「奴の嫁の希望だ」

「笑わせないでください、女の言いなりなんておじきらしくないですよ」

「鷹見はわしの息子だからな」

「どういうことでしょうか」

「鷹見の嫁はわしの娘だ、今後一切、鷹見の若いもんと家族には指一本触れないでくれ」

「おじきの娘さんですか」

「わしの言ったことは理解してもらえたかな」

「はい、仰せの通りに鷹見からは手を引きます、娘さんにも手は出しません」

森山は頭を擦り付けてお辞儀した。

後藤は、すぐにめぐみの病院へ向かった。

「めぐ、解決したぞ」

「おじさま」

「もう、鷹見君には手を出さないと、森山が約束してくれた、これで鷹見くんは堅気になれるぞ」

「本当ですか、おじさま、ありがとうございます」

「あとは鷹見くんの努力次第だな」

「はい」

めぐは涙を流して喜んだ。

(おじさま、ありがとう。)


それからまもなく、森山組の暴力はなくなった。

鷹見は森山が何を企んでいるのか気になり、森山組長の元を訪れた。

「おお、なんだ、極道の世界に戻る気持ちになったのか」

「いや、気持ちは変わらない」

「そうか、それなら何の用だ」

「どういう風の吹き回しだ」

「鷹見、お前どうやって後藤のおじきのお嬢さんを口説いた」

森山組長が急にめぐの話を持ち出し、鷹見は戸惑いを見せた。

「お前、後藤のおじきと義理の親子の関係なんだな」

「誰から聞いたんだ」

「後藤のおじきがこの間直々に俺のところにやって来て、鷹見と娘と鷹見の若い奴らに今後一切手を出すなとお説教食らった」

（後藤さんが……）

「まさか、あの娘さんがおじきのお嬢さんとは、俺は危うく命を落とすところだったよ」

（めぐが口添えしてくれたのか。）

「今後一切お前から手を引くよ、もし気持ちが変わったら言ってくれ、いつでもお前を極道の道に戻すからな」

鷹見は森山組長の元を後にした。そして後藤の元に急いだ。

（わざわざ、森山組長の元に行って、俺から手を引くように交渉してくれたんだな。）

親の手を煩《わずら》わせるとは、やきが回ったと情けない気持ちでいっぱいになった。

「鷹見です、この度はありがとうございました」

鷹見は頭を深々と下げた。

「鷹見くん、こんな老いぼれでも役に立ってよかったよ」

「自分の力のなさになんて言っていいか、情けない気持ちです」

「いや、そんなことはないよ、めぐに相談されてな、わしもやきが回ったよ。めぐの願いはなんでも聞いてやりたくてな。役に立ってよかった、あとは世間に受け入れてもらえるかどうかは鷹見くんの努力次第だ」

「はい」

鷹見はその足でめぐの病院へ向かった。

「めぐ、ありがとう」

鷹見は病室に入るや否やめぐを抱きしめた。

「龍一さん、どうしたんですか」

「後藤さんの計らいで、俺は極道の世界から足を洗うことが出来た、めぐが後藤さんに頼んでくれたんだよな」

「いいえ、私は何かいい案はないか相談しただけです」

「俺、堅気の世界で生きていけるように頑張るよ、俺の側にずっといてくれ」

「もちろんです」

そしてまもなくめぐの退院が決まった。

鷹見はめぐとマンションに戻った。

「めぐ、すぐにお前を抱きたい」

激しいキスに翻弄《ほんろう》されながら、抱きかかえられて、ベッドに身体が沈んだ。

「めぐ、俺はお前を愛している、生涯お前を離さないから覚悟してくれ」

「私も龍一さんを愛しています、絶対に離れません」

首筋から鎖骨へ唇を這わせてから、上着を脱がせた。

ブラジャーのホックを外し、プルンと露わになった乳房を舐め上げた。

ピンクに色づいた乳頭を指で何度も摘んだ。

「ああ、ん〜ん」

「気持ちいいか」

「すごく気持ちいいです」

両方の乳房を鷲掴みにして、大きく揉みしだいた。

めぐは背中を反り返して、胸を突き出した。

めぐのナイフで刺された脇腹の傷口に優しくキスをした。

「めぐ、痛かっただろう、すまん」

「大丈夫です、龍一さんが無事でよかったです」

「ああ、めぐ、俺は……」

下着の中に手を入れると、クチュといやらしい音がとめどもなくなった。

「めぐ、こんなにも感じてくれるなんて、俺のここももう待てないよ」

「早く入れてください」

鷹見は下着に手をかけて、一気に脱がした。

股を大きく開き、舌で舐め上げた。

「ああ、もういきそう」

「だめだ、まだ、入れるぞ」

鷹見自身がグイグイめぐの中に入った。

「動くぞ」

鷹見はベッドが軋むくらいに激しく動いた。

「ああ、もうだめ、気持ちいい、龍一さん大好き」

「俺もだ、めぐ、愛してる」

鷹見はめぐの中で果てた。

しばらく、余韻に浸りながら、めぐを抱きしめていた。

(俺はめぐと龍を守っていく。

堅気として、鷹見建設を盛り立て、社員と組員を守っていく。

それが俺の使命だ。
めぐ、愛している。）

第十七章　龍一の嫉妬

鷹見にとって堅気の生活は容易なことではなかった。

慣れない生活で、若い奴らのストレスが半端ない。

つい、喧嘩っ早くなる、その度に鷹見は頭を下げて回った。

「おめえら、いい加減にしろ」

「社長、言葉を慎《つつし》んでください」

鷹見は冬木にお説教を食らう。

「申し訳ありませんでした、他の組の奴らが余計なことを言いやがるんで、つい頭に血が昇って」

「何を言われた」

若い奴らは一切口にしない。

(多分、俺の悪口だろう。)

そんな矢先、めぐは二人目を妊娠した。

しかし、めぐは悩んでいた。

鷹見のイライラが伝わったのか、鷹見に対して妊娠の報告を後回しにしたのだ。

冬木はめぐの体調の変化にいち早く気づいた。

「めぐみさん、もしやご懐妊ではありませんか」

めぐはびっくりして、しばらく言葉が出なかった。

「間違っていたら申し訳ありません」

「いいえ、よく分かりましたね」

「はい、いつもめぐみさんを見ていれば分かります」

「あのう、まだ龍一さんには言わないでください」

「どうしてですか」

「余計な心配はさせたくないんです」

「分かりました、それでは何なりとこの冬木に御用命ください」

「ありがとうございます」

でも、何度も伝えようと試みた。

「龍一さん、あのう、お話があります」

「なんだ、疲れているから手短に頼む」

「あ、それでしたら私の話は大したことではないので、今度で大丈夫です」

「そうか、また今度聞くことにするよ」

「はい」

　こんな会話が何度か繰り返された。

　めぐは安定期に入るまでは、流産の危険があるので、夫婦の営みはなるべく避けてくださいと先生に言われていた。

　鷹見から何度かベッドに誘われたが、疲れていると断ってきた。

　それがめぐと冬木の仲を疑われる要因となった。

　そんなことになっているなんて知る由もなかった。

　ある日、いつものように鷹見はめぐをベッドに誘った。

「めぐ、お前を思いっきり愛したい」

　そうしてめぐを抱き上げて、寝室に向かった。

　思いっきりだなんて、そんなことしたら刺激が強すぎて流産しちゃう。

「待ってください、あのう、今日はちょっと」

「ちょっとなんだ」

「ええっと」

めぐはどう言えばいいか言葉が思い浮かばなかった。

「お前、他の男に抱かれているのか」

鷹見の言葉に唖然とした。

（まさか、そんな言葉が出てくるなんて……）

「違います、そんなこと言うなんてひどいです」

「それなら三週間もご無沙汰って、俺より気持ちよくしてくれる男がいるとしか考えられないだろう」

「私を疑っているんですか」

「最近のめぐはなんか変だぞ」

（やっぱり、変化には気づいてくれていたんだ。

でもそれが妊娠じゃなく、浮気だと思うなんて……）

「俺より好きな男が出来たのか、お前はもうそいつに許したのか」

鷹見の表情は極道そのものだった。

いつも優しいのに、裏切られたと思った途端、怖い極道の表情になった。

「絶対に許さない」

鷹見は、キスも愛撫も飛ばして、いきなり、下着の中に手を入れてきた。

「痛い」

そのめぐの言葉に我に返って「すまない、俺は」そう言って寝室から出て行った。

涙が溢れて止まらなかった。

めぐははじめて鷹見を怖いと感じた。

その日は鷹見は帰ってこなかった。

めぐは少し下っ腹の痛みを感じて、病院へ向かった。

「大丈夫ですよ、ちょっと子宮の収縮があり、痛みを感じたようなので、問題はありません。ただ穏やかに過ごしてください。お母さんが心配事があると、赤ちゃんに影響しますので」

「ありがとうございました」

めぐは、やっぱり妊娠のこと伝えないとダメだなと感じた。

（このままだと、私は浮気していると思われたままになっちゃう。）

でも、鷹見はずっと帰ってこなかった。

スマホも通じない。

ちょうど、その頃龍は後藤のところに泊まりに行っており、めぐは助かったと思った。

さすがに会社には行っているはずだから、顔を出してみようと会社に向かった。

「あのう、こんにちは」

「あ、お疲れ様です、おねさん」

「ちげえだろう、もうあねさんじゃなくて奥様だよ、社長にぶっ飛ばされるぞ」

「そうでした、すんません、奥様」

「龍一さん、いますか」

「社長ならちょっと出かけてます」

「そうですか」

そこに冬木が帰ってきた。

「めぐみさん、どうされましたか」

「冬木さん、あのう、龍一さんはまだ戻らないんですか」

「そろそろ戻ると思いますが……」

タイミングが悪いとはこのことを言うのだろう。

冬木と、別に普通におしゃべりしていただけなのに、楽しそうに見えたのか、鷹見が戻ってきてめぐと冬木の姿を見て、怒りを露わにした。

「随分と楽しそうだな、会社に来てまで密会か」

「えっ」

「まっ、いいか、俺には関係ねえから」

そう言うと、鷹見は会社を出て行った。

「待ってください、龍一さん、話を聞いて」

めぐは鷹見の後を走って追いかけた。

「めぐみさん、走ってはいけません」

冬木がめぐの背中に叫んだ。

めぐは無我夢中で鷹見の後を追った。

鷹見は車に乗ってその場を後にした。

めぐはお腹の痛みに襲われた。

そしてその場にへたり込んだ。

「めぐみさん、大丈夫ですか、救急車、救急車を呼べ」

冬木の咄嗟の判断で、めぐは流産を免れた。

気がつくと、ベッドの上で、冬木がめぐの手を握っていた。

「気がつかれましたか、走ってはいけません」

「赤ちゃんは大丈夫でしたか」

「流産は免れました、無茶なことはしないでください」

「ごめんなさい」

「社長と喧嘩されたのですか、珍しいこともありますね」

めぐの頬を涙が伝った。

「めぐみさん？」

「ごめんなさい、私……」

冬木斗真は、鷹見龍一を尊敬し、ずっとついてきた。

鷹見が本気になった女性を初めて見た時、一瞬固まった。

(なんて可愛らしい人なんだ。)

冬木はめぐと話している間に強く惹かれた。

目の前で涙を流して困惑しているめぐをそのままにしておけなかった。

冬木はめぐの手を引き寄せ抱きしめた。

「えっ、冬木さん？」

「俺はめぐみさんを愛しています、いけないことだと分かっています。でも、社長の態度はあまりにもひどい、めぐみさんのなんらかの行動に嫉妬しているのでしょう」

「嫉妬？」

「相手は十中八九俺です」

「まさか」

(何を言ってるの？　冬木さんにヤキモチ妬いてるの？)

「いいんじゃないんですか、そのままそう思わせておけば」

「何を言ってるの、ダメです、事実無根です」

「そうですね、このままだと俺とめぐみさんは社長に殺されますね」

冬木はふふっと笑った。

(いやいや、ここは笑うところじゃないでしょ。

どうしよう。)

「とりあえず、退院しても大丈夫とのことですから、マンションまでお送りいたします」

めぐは冬木にマンションに送り届けてもらった。

「では自分は帰ります、大丈夫ですか」

「大丈夫です、ありがとうございました」

冬木はマンションを後にした。

(そんな、龍一さんが私と冬木さんに嫉妬しているなんて。

早く誤解を解かないと……)

でも一向にスマホは繋がらず、マンションにも帰ってこなかった。

めぐは後藤を頼った。

「おじさま、何も聞かずに龍一さんを呼び出してください」

「自分で電話すればいいだろう?」

「今、龍一さんと喧嘩中です」

「珍しいこともあるもんだな」

「お願いします、話があるからと、マンションまで来てくれるように伝えてください」

「分かった、電話しておくよ」

めぐはマンションで待っていた。

(誤解を解かなくちゃ。)


俺はめぐに対してなんてひどい態度をしているんだ。

前から冬木とのことは気になっていた。

冬木がめぐを愛していることは知っていた。

だから命がけでいつも守ってくれる。

ありがたい存在だ。

でもめぐが冬木に惹かれているとなると話は別だ。

絶対に渡したくない、渡したくないのにこんなひどい仕打ちをして、俺はめぐに嫌われるんじゃないだろうか。

馬鹿な、俺はなんて馬鹿な態度をとってしまったんだ。

後悔しても、もう遅いかもしれない。

そんな時、後藤から電話が入った。

「元気でやってるか」

「はい、おかげさまで頑張っています」

「そうか、めぐと喧嘩でもしたのか」

「いえ、そんなことはありません」

「そうか、泣いておったぞ」

「めぐが……」

「めぐを愛しているか」

「はい」

「そうか、それなら、マンションに戻れ。お前どこに寝泊まりしている、まさか女のところではあるまいな」

「決してそのようなことはありません、でも俺にもはっきりさせなくてはならないことがありますので、それまで帰れません」

「そうか、それなら今日だけでもめぐの話を聞いてやってくれないか」

「分かりました」

鷹見はめぐの待つマンションへ向かった。

そっとドアを開ける。

めぐはリビングのソファで、横になっていた。

めぐの寝顔は鷹見の心をかき乱した。

めぐのおでこにキスをする。

するとめぐは目を覚まし、鷹見を見つめた。

「龍一さ……」

鷹見はめぐの唇を塞いだ。

「んんっ」

首筋にキスマークをつける。

服の上からめぐの胸を揉みしだいた。

「ああ〜っ、龍一さん」

「お前を抱いたのは誰だ」

「龍一さん以外に抱かれていません」

鷹見は服を脱がせて、ブラのホックを外した。

ぷるんと乳房が露わになり、両手で寄せて動かした。

「ああ、う〜ん、気持ちいい」

「誰がめぐの乳房を舐めたんだ、お前は色っぽい声を誰に聞かせたんだ」

「龍一さん以外に誰も触れてません」

「めぐ、冬木を愛しているんだろう」

そう言いながら、鷹見は下着を脱がした。

そして、股を大きく広げて、秘所を舐め上げた。

「ああ、ダメです」

「なぜだめなんだ、もう、俺のことは愛していないのか」

鷹見は頭に血が上り、めぐの中に指を入れた。

グジュ、グジュといやらしい音がして、指は一気に入った。

「お願い、もうやめてください、これ以上すると……」

めぐは急に顔を歪めて苦しがった。

「痛い、お腹が……」

「めぐ、めぐ」

鷹見は救急車を呼んだ。

めぐは救急車で病院に緊急搬送された。

「ご家族の方ですね、こちらでお待ちください」

鷹見は救急処置室の前で待機させられた。

しばらくして、医者に呼ばれた。

「ご主人様ですね、奥様は切迫流産しかけましたが、大丈夫です」

「切迫流産って、めぐは妊娠しているんですか」

「はい、二ヶ月目に入ったところです。しばらく静養が必要ですので、入院していただきます」

「分かりました、あのう、めぐは大丈夫でしょうか」

「大丈夫ですよ、これからは無理をせずに穏やかな気持ちで日々をお過ごしください」

「はい」

めぐは病室に移された。

鷹見は動揺を隠せなかった。

(めぐが妊娠？

冬木の子供か？

まさかな、じゃあ俺の子供？　それならなんで言わなかったんだ。)

その時、鷹見は気づいた。

めぐは何度も話があると言っていた。

それを疲れているからと後回しにしてきた。

しかも、妊娠中とのことで、セックスを控えようと拒んでいたのに、冬木との関係を疑って、めぐを信じてやれなかった。

(俺はなんて男だ。

あれだけの罵声を浴びせて、めぐを犯したも同然だ。)

切迫流産していたらと思うと、背筋が凍る思いがした。

鷹見は病室で眠っているめぐの傍らで、手を握り謝った。

（許されることではないかもしれない。

冬木との間を疑い、嫌がるめぐを抱こうとしたんだ。）

鷹見は何をしているんだと、自分で自分に怒りを露わにした。

めぐは一向に目を覚さない。

めぐが目を覚ました時、どんな顔をすればいいのか。

そこに連絡をした冬木が駆けつけた。

病室のドアがノックされた。

鷹見は病室の外に出た。

「社長、めぐみさんは大丈夫ですか」

「ああ、切迫流産は免れた」

「よかったです」

「お前はめぐの妊娠を知っていたのか」

「はい」

「そうか、めぐはお前を頼りにしているんだな」

「そうではありません」

鷹見は以外な冬木の言葉に驚きの表情を見せた。

「めぐみさんはいつでも社長のことを気遣っています、だから話すタイミングを逃しただけです。自分がたまたまめぐみさんの情報を知り得る場所に居合わせただけのこと、めぐみさんから相談されたことはありません」

「そうか、俺はお前に嫉妬した」

「えっ」

「笑ってくれ、どうしようもない男だ、俺は」

「そんなことはありません、それだけめぐみさんを愛しているということです」

（めぐは俺を許してくれるだろうか。）

鷹見はめぐの病室に戻った。

めぐの手を握り、どうしようもない自分を許してくれと詫びた。

その時、めぐが目を覚ました。

「めぐ、気がついたか」

鷹見を見つめるめぐの瞳は恐怖に慄《おのの》いていた。

めぐの手を握った自分の手を離した。

「赤ん坊、無事だった、よかったな。俺は帰るな、ゆっくり休め」

鷹見はめぐに背を向けて病室を後にした。

めぐは「龍一さん」と声をかけたかった。

でも怖くて声にならない。

罵声を浴びせられた時の鷹見の目は極道者の目だった。

気持ちは抱きしめてほしいのに、身体が拒否反応を起こしている。

(どうしよう。)

あの時は愛されているのではなくて、犯されているという感覚だった。

涙が溢れて止まらない、鷹見に抱きしめてほしいのに、怖くて甘えられない。

それから鷹見は病室に姿を見せることはなかった。

しばらくして、後藤が龍を連れて病室に現れた。

「ママ、大丈夫?」

「めぐ、身体の具合はどうだい」

「龍、おじさま、ありがとう、平気ですよ」

「赤ちゃん、元気?」

「そうね、まだこんなに小さいから、ママはあまり動けないの」

そう言って、指で赤ちゃんのサイズを表した。

「そうなんだ」

「おじさま、もう少し、龍をお願いします」

「鷹見くんはマンションには帰ってないのか」

「私がいけないんです、龍一さんの気持ちを分かってあげられなくて、怒らせてしまいました」

「まっ、時間が解決してくれるだろう。さっ、龍、もう帰ろう」

「うん」

後藤と龍は病室を後にした。

めぐは大きなため息をついた、そしてスマホの画面とにらめっこを繰り返していた。

画面には鷹見の名前があった。

めぐは思い切って電話をかけた。

その頃、鷹見は自分のマンションに戻り、酒を煽っていた。

何本空けたか分からない。

その時、スマホが鳴った。

「こんな時間に誰だよ」

スマホの画面はめぐの名前だった。

(めぐ。)

しばらく鳴っていたが、スマホは切れた。

そして、またスマホが鳴った。

「はい」

「龍一さん、あのう、私、ごめんなさい、龍一さんの気持ち考えられなくてごめんなさい」

「めぐが謝る必要はない」

「でも……龍一さんを怒らせてしまいました、私の責任です」

「怒ってなんかいない、謝らなければいけないのは俺の方だ」

「龍一さん」

「めぐ、俺が怖いか？」

「はい、あの時の龍一さんは極道者の目をしていました、だから怖くて。ごめんなさい、抱きしめてほしいのに、身体が言うことを聞かないんです、ごめなさい」

　めぐは泣き出した。

「泣くな、めぐ、悪いのは俺だ、お前は悪くない」

「でも……」

「お前が俺を恐れているのなら、俺はしばらく距離をおく」

「そんな……」

「今の俺は極道鷹見龍一なんだ、そんな状態でお前を目の前にしたら、俺はお前を抱いても、抱いても終わりがこねえ。今はお前を抱くことが出来ないのなら、俺はお前と離れて暮らす」

「龍一さん」

「めぐ、これだけは覚えていてくれ、俺はお前だけを愛している、誰にも渡したくねえ。だから、他の男に絶対に許すな、いいな」

「はい」

そして鷹見はスマホを切った。

第十八章　龍一の葛藤

めぐはしばらくして退院を許可された。

「よかったな、めぐ、さあ、帰ろうか」

迎えにきてくれたのは後藤と冬木だった。

「おじさま、冬木さん、ありがとうございます」

めぐは後藤と冬木に頭を下げた。

「社長からの言付けです、冬木を頼れと、なんでもお申し付けください」

「龍一さんがそう言ったんですか」

「はい、昨日社長の部屋に呼ばれて、めぐみさんを助けてやってほしいと言われました。あと、しばらく、後藤のおじきに世話になれと」

めぐは戸惑っていた。

（まさか離婚なんてことはないですよね、龍一さん。）

「めぐ、昨日龍一くんがわしのところにもきて、めぐをしばらくお願いしますと頭を下げにきた」

「そうなんですか」

「めぐはわしの部屋で、わしとめぐと龍で暮らすんだ」

後藤はニッコリ微笑んで、嬉しそうだった。

めぐは同じマンションなのに、鷹見と離れて暮らすことになった。

このマンションは鷹見龍一の所有だ。

最上階に鷹見が住んでいる部屋がある。

そして、その下の階に後藤の住んでいる部屋がある。

エレベーターで顔を合わす可能性は高い。

めぐは安定期に入った。

それでも、いつでも細心の注意を払っていた。

冬木はいつも顔を出した。

龍ともいつも遊んでくれる、冬木には感謝しかない。

ある日、めぐがエレベーターに乗ると帽子を深く被り、マスクとサングラスを身につけた男性が先にエレベーターに乗った。

「すみません」
めぐはそう言って一緒に乗り合わせた。
「何階でしょうか」
めぐがそう声をかけると、無言のまま自分で行き先の階を押した。
めぐの一つ下の階だった。
(なんだ、龍一さんかと思ったけど違うんだ。)
めぐはエレベーターの閉まるを押すとドアが閉まった。
その瞬間、ぐらっとめまいがして倒れそうになった。
次の瞬間、その男性が支えてくれた。
「ありがとうございます」
支えてくれた温もりが伝わってきて、もしかして龍一さん？　と感じた。
その男性はすぐにめぐから離れて、違う階のボタンを押してエレベーターを去った。
(あ～びっくりした。
やだ、私ったらドキドキしちゃって……)
鷹見と思っただけで、心臓の鼓動が半端なく跳ね上がった。
エレベーターを降りた鷹見は、心臓がドキドキした。
めぐと同じマンションのため、普段から深く帽子を被り、サングラスとマスクは必需品だ。

まさか、後からエレベーターに乗ってくるとは想定外だった。

(随分とお腹が目立ってきたな。)

鷹見の方を振り向き「何階でしょうか」と声をかけられた時は、ドキドキが半端なかった。

それなのに、倒れそうになって、咄嗟に支えた。

めぐを抱きかかえる状態になって、このまま抱えて自分の部屋に連れて帰りたい衝動に駆られた。

このまま二人で密室にいたら、鷹見は理性を保つ自信がなかった。

別の階のボタンを押して、エレベーターを降りた。

部屋に戻り、シャワーを浴びた。

心臓の鼓動が上昇しはじめた。

めぐの体温を感じ、肌の温もりを感じ、声を久しぶりに聞いた。

鷹見自身は熱を持って、迫り上がってきた。

(めぐ、お前を抱きしめたい。)

激しいキスをし、舌を入れて、感じたい。

乳房をもみしだき、乳頭を舐め上げたい。

めぐの喘ぐ声が脳裏に響く。

股を大きく開き、蜜が溢れ出したところに自分自身を突き立てたい。

鷹見は妄想の世界でめぐを荒々しく抱いた。

体位をかえ何度も、何度もめぐを抱いた。

その度にめぐは喘ぎ声をあげ、鷹見の背中を抱きしめた。

（めぐ、愛している、お前以外は考えられない。

俺自身を受けいれてくれ。）

鷹見は頭を抱えて、唸り声をあげた。


その時、スマホが鳴った。

スマホの画面にはめぐの名前が映し出されていた。

間に合わず切れてしまった。

（めぐ、どうしたと言うんだ。）

また、スマホが鳴った。

「はい」

鷹見はめぐの声が聞きたかった。

「龍一さんですか、めぐです」

「どうしたんだ」

「今、お部屋にいますか」

「いや、外だ」

鷹見は嘘をついた、さっきのことが脳裏を過《よぎ》ったのだ。

「そうですか、実はさっき、エレベーターで男性と一緒になって、倒れそうになったところを支えていただいたんです、もしかして龍一さんだったのかなって思って」

（やっぱり、確かめるために電話してきたんだな。）

「残念ながら、俺じゃない」

（めぐ、ごめん、認めたら俺は理性が利かなくなる。）

「そうですか、外ってひとりですか」

「ああそうだ」

「よかった、可愛らしい女性と一緒だったら、私ヤキモチ妬いちゃいます」

（めぐ、かわいいこと言うな、俺は未だに俺自身萎《な》えてない、身体が熱くなってくる。）

「龍一さん、早く迎えにきてください、龍一さんに抱きしめて、キスしてほしいです」

（めぐ、それ以上言うな、俺は今すぐにでも、お前を迎えに行ってしまう。）

「龍一さん」

「めぐ」

「もっと、もっとめぐって呼んで」

「めぐ、めぐ、愛してる、お前を抱きしめたい、お前の唇に触れたい、お前の乳房を舐め上げ、お前の中に入れたい、もう我慢出来ない、俺の名前を呼んでくれ」

「龍一さん、龍一、愛してる」

「ああ、めぐ、めぐ、めぐ」

　鷹見は自分自身をしごき果てた。

ドクドクと流れ出したものは止まることを知らなかった。

「やっぱり、部屋にいますよね、これから行きます」

「だめだ、くるんじゃない」

「でも……」

「俺は大丈夫だ、安心しろ、お前以外は抱かない」

「龍一さん」

「もう、切るぞ」

「龍一さん、さっきは支えてくれてありがとうございました」

　鷹見は答えずにスマホを切った。

（なんてことだ、自分で慰めてどうするんだよ。

やべえ、何十年ぶりに自分でやったな。）

（おい、お前はいつまで元気なんだ。

いい加減に萎えろよ。）

鷹見はいつまでもめぐへの気持ちを抑えることが出来なかった。

そんな矢先、鷹見は三十八度の熱を出した。

「冬木、すまん、薬と水を買ってきてくれないか」

「かしこまりました、社長、めぐみさんに来ていただいた方がよろしいんではないですか」

「ばかやろう、めぐを襲ったらどうするんだよ」

「熱が三十八度あるのに、気持ちは元気なんですね」

「とにかく、めぐには黙ってろ」

「はい」

そして冬木は薬と水を買ってきた。

鷹見はずっと眠っていた。

そして夢を見た。

めぐが看病してくれている夢を……

おでこをタオルで冷やしてくれた。

(気持ちいい、なんてリアルな夢なんだ。)

次の瞬間、唇に柔らかいものが触れた。

これはめぐの唇か、鷹見は思わず唇を啄ばんだ。

「んんっ、ん～ん」

(なんて気持ちいいんだ、めぐ。)

鷹見は目を覚ました。

目の前にめぐの顔があって驚きを隠せなかった。

「めぐ」

「龍一さん、やっと会えた、それにキスも久しぶり」

「どうしてここにいるんだ」

「冬木さんが薬と水が入ったドラッグストアの袋を下げて、龍一さんの部屋に入っていくところを見たんです。龍一さんが具合悪いとすぐにピンときました。それで、無理言って部屋に入れてもらったんです」

「冬木のやつ、あっ、キスなんかしたら風邪がうつっちゃうだろう」

「大丈夫ですよ、風邪の症状はないみたいですから、きっと疲れが出たんだと思います」

「そうか」

次の瞬間、めぐは鷹見の唇にキスをした。

鷹見はめぐの身体を引き離した。

「駄目だ、そんなことしたら我慢出来なくなる」

「もう安定期に入ったので、あまり激しく動かなければ大丈夫って、産婦人科の先生が仰ってました」

「本当に大丈夫なのか」

「ゆっくりですよ、後ろから」

鷹見はめぐを後ろから抱きしめた。

そして、キスをした。

甘いくちづけをいつまでも続けた。

めぐの乳房を大きく揉みしだいた。

「めぐ、随分と大きくなったな」

「赤ちゃんにおっぱいあげるためですよ」

「じゃ、先に俺が……」

鷹見は洋服の中に手を入れてブラのホックを外した。

大きい乳房はぷるんと揺れた。

乳房に唇を押し当てて、乳頭を舐め上げた。

「ああ〜ん、気持ちいい」

「俺も最高だ」

そしてゆっくり、お腹にキスを落とし、徐々に下へと移動した。

下着の縁から指を入れると、もうすでに濡れていた。

クチュクチュと音が鳴るくらいに蜜が溢れ出していた。

「龍一さん、もっと指を奥まで入れてください」

「めぐはいやらしいな、でもそれが堪らない」

指をゆっくり入れて少しずつ動かした。

めぐの手を俺自身に触れさせた。

「もう、こんなにめぐを求めてる」

そして後ろからめぐを抱いた。

ゆっくりとめぐの様子を見ながら、鷹見はめぐの中に自分自身をつきさした。

朝までめぐを抱きしめていた。

白々と夜が明けて、鷹見はめぐにキスを落とした。

「めぐ、おはよう」

「龍一さん、おはようございます、朝、龍一さんと一緒って嬉しい」

「俺だって最高の気分だ」

「ここに戻ってきていいですか、龍も一緒に」

「そうだな、そうしよう」

めぐは鷹見のおでこに手を当てて熱を確かめた。

「大丈夫ですよ、すっかり熱は下がったみたいです」

「めぐの看病のおかげだな」

めぐはニッコリ微笑んだ。

「めぐの体調は大丈夫か」

「はい、大丈夫です」

「今日は仕事に行かないと、冬木が悲鳴上げてるからな」

「はい、私はおじさまに事情を話して、龍とこっちに移ってますね」

「ああ、めぐ、ごめんな、俺が冬木とのことを疑ったばかりに」

「私、龍一さんは極道なんだなって思いました、ちょっと怖かっただけです」

「すまん」

鷹見は頭を下げた。

第十九章　敵か味方か　鷲沢敦

鷹見の堅気の生活は何事もなく過ぎていった。

そんな時、ムショから一人の男が出所してきた。

鷲沢敦、根っからの極道、そして鷹見の相棒だった男だ。

鷹見は高沢組長の元に、そして鷲沢は森山組長の元に、進むべき道が分かれた。

絶対に鷹見を森山組に引っ張ると、森山組長と約束していた鷲沢は、鷹見が堅気になったことを信じられないと怒りを露わにしていた。

「ご苦労だった。鷹見は堅気になった、手を出すんじゃねえぞ」

「なんでですか」

「鷹見は結婚したんだ、しかも後藤のおじきの娘さんだ」

「えっ、そうなんですか」

「命が惜しければ関わるんじゃねえぞ」

鷲沢は決心していた。

鷹見をまた極道の道に連れ戻すと……

まず、鷲沢は冬木に連絡を取った。

「冬木、元気か」

「鷲沢のアニキ、お疲れ様です、いつムショから出てきたんですか」

「昨日だ、鷹見は元気か」

「はい」

「奴が堅気になったなんて変な噂を耳にしたんだが、間違いだよな」

「いいえ、鷹見社長は堅気になりました」

「高沢組はどうしたんだ」

「一旦は鷹見組として継いだんですが、結婚を機に堅気になると決心したんです」

「後藤のおじきの娘さんだって？」

「はい」

「それなら、堅気になる必要はないだろう」

「いいえ、めぐみさんの希望です」

「ふ～ん、そうなんだ、そんなにいい女か」

「絶対に関わらないでください、鷹見社長に殺されます」

「分かった、また連絡する」

　この時、鷲沢はめぐに興味がわいた。

（どんな女なんだ、鷹見を堅気の世界に引っ張るだけの魅力はなんだ。）

　鷲沢は早速めぐに近づいた。

（へえ、あの女か、鷹見の子供を孕《はら》んでるのか。）

　鷲沢は早速めぐに近づいた。

「鷹見めぐみさんだよな」

「はい、そうですが、あなたは？」

「俺は鷲沢敦、昔、鷹見と悪さしていた相棒ってとこかな」

「鷹見龍一はもう堅気の世界の人間です、今後関わらないでください」

「そうは行かねえんだな、俺は奴を極道に戻す、そのためならなんでもやるさ」

　そして、鷲沢はめぐの手を引っ張り、グッと顔を近づけた。

「ほお、いい女だな」

「離してください」

「大人しくしろ、腹に一発蹴りを入れたら、赤ん坊は死ぬぞ」

　鷲沢はめぐの顎をクイっと上げて、唇を指でなぞった。

（なんて色っぽい唇なんだ、キスしてえ。）

「キスしてもいいか、どんな喘ぎ声出すんだ、この赤ん坊を奴が孕ませた時、めっちゃ色っぽい喘ぎ声出したんだろ、俺にも聞かせてくれよ」

鷲沢はグッと唇を近づけた。

めぐは身動き出来ず、この恐怖に耐えた。

鷲沢はあと数センチというところで離れた。

（楽しみは後の方がいいよな、お前を裸にして、身体中にキスしてやる。もちろん、下の唇もな、どうだ、濡れてきたんじゃないか、感じてる顔してるぜ。）

「また今度な」

鷲沢はその場を後にした。


めぐは恐怖のあまり、その場にしゃがみ込んだ。

怖い、どうすればいいの。

そして、龍の幼稚園の帰り道、またしても鷲沢敦に待ち伏せされた。

「よお、今日はちっちぇ番犬連れてるのか」

鷲沢は龍の前に立ち塞がり、しゃがんだ。

「おじさん、誰？」

「俺か、俺は鷲沢敦だ、お前は？」

「僕は鷹見龍」

「へえ、鷹見の息子か」

「おじさんはパパのお友達？」

「お友達、そうだな、なんでも一緒にやったな」

「そうなんだ」

「龍、もう帰るわよ」

「ちょっと待てよ、俺のこと鷹見はなんか言ってたか」

「話していません」

「なんでだよ」

「極道に戻ることは嫌なんです」

めぐはなぜか涙が溢れてきた。

「おい、泣くなよ、俺が泣かせているみたいじゃねえか」

「ごめんなさい」

鷲沢は、めぐに近づき、顎をクイっと上げて、手で頬の涙を拭った。

「ハンカチとかしゃれたもん、持ってねえからよ、泣くなよ」

「ありがとうございます、もう帰ります」

めぐはその場を後にした。


俺は鷲沢敦、本気で女に惚れたことがねえ。

俺にとっちゃあ、女はセックスの道具だ。

俺が興奮出来れば、そして性的欲求を満たしてくれさえすれば、それでいい。

ところが鷹見めぐみは、もちろん、抱きたい女だ。

鷹見が満足して手放したくないと思うほど、いい女なんだろうから、めっちゃ色っぽい喘ぎ声を上げるんだろう。

それを考えただけで興奮する。

ムショから出所した俺は、商売女のところへ行って、セックスを堪能した。

そのあと、鷹見めぐみに会った。

この女ともやりてえと俺は興奮した。

しかし、二度目にあった時、俺をまっすぐ見た眼差しに射抜かれた。

はじめて会った時は、恐怖に慄いていた。

俺は気が強い女が好きだ。

完全にハマった。

ところが、鷹見の話になると、涙を見せた。

か弱い、そして、鷹見を愛している従順な面が見え隠れした。

俺はらしくない態度をとり女の涙を拭った。

守ってやりてえという思いが芽生えた。

はじめての気持ちに俺は戸惑った。


めぐは鷲沢のことは鷹見に黙っていようと決めた。

鷹見の極道の血が騒ぎ出さないようにと配慮した。

しかし、龍は子供だからなんでも鷹見に話してしまう。

案の定、龍のパパに対するおしゃべりタイムが始まった。

「パパ、今日ね、パパのお友達のおじさんに会ったんだよ」

「龍」

もう、遅かった。

鷹見は一瞬、めぐの顔を見て、すぐに龍に向き直った。

「名前を言っていたか」

「うん、え〜っと、ワシ……」

「鷲沢か」

「そう、鷲沢敦」

こういう時、記憶力がいいのもどうかと思った。

「それで、なんか言っていたか」

「ん〜ん、分かんない、おやすみ」

龍はすぐに自分の部屋に入った。

「さて、聞かせてもらおうか、奴は何か言っていたんだろう」

めぐは観念した。

ごまかしようがない。

「龍一さんを極道に戻すって」

「そうか、何もされなかったか」

「大丈夫です」

「明日、話をつけてくる」

「駄目です、関わらないでください」

めぐは必死に鷹見にすがりついた。

「めぐ、あいつは血も涙もない根っからの極道だ、何をされるか分からない」

「でも、はじめて会った時は怖かったですが、二度目は私の涙を拭ってくれました」

鷹見の表情がみるみる変わった。

「待ち伏せされたのか」

「はい」

「涙って、めぐあいつに何かされたんじゃないのか」

「違います、龍一さんを極道の世界に戻すって言われて、嫌だと伝える時、涙が溢れてしまって、そうしたら、泣くなよって頬の涙を拭ってくれ……」

鷹見はめぐの話を聞き終わる前に、激しいキスをした。

唇、そして頬にも……

めぐを抱き上げて、寝室に連れて行くと、ベッドに身体を下ろした。

「ほかの男に触れさせるな、めぐの頬も、唇も、身体も全て俺だけのものだ」

めぐの頭の先から、つま先まで余すことなく、キスをした。

「めぐ、愛している」

鷹見は服の上から乳房を揉みしだいた。

そして、首筋、鎖骨、胸の膨らみと俺のものだと言わんばかりにキスマークをつけた。

服の裾から手を入れて、ブラのホックを外し、露わになった乳頭を舐め上げた。

「ああ～ん、龍一さん、気持ちいい」

「そんな乱れた姿は俺以外に見せるな」

手を頭の上にクロスさせて、押さえつけられ、もう片方の手で、下着の上から秘所をなぞった。

「いや〜ん、もう、おかしくなりそうです」

「いいぞ、思いっきりおかしくなれ、俺の名前を叫びながら……」

「龍一さん、龍一さん」

下着を脱がせて、指を入れた。

クチュ、クチュといやらしい音が響き渡り、鷹見の指は二本に増やされ、奥まで入って行った。

ゆっくりと、指が動いて行く。

めぐは鷹見の独占欲には逆らえず、感じることしか出来ずにいた。

舌で乳頭を舐め上げ、二本の指は秘所を攻め立てる。

「ああ〜ん、いっちゃう」

めぐは何度も何度も最高潮を味わった。

朝、目を覚ますと、鷹見はいなかった。

「龍一さん、龍一さん」

どこにもいない。

(鷲沢さんの元に行ったの?)

めぐは冬木に慌てて連絡を取った。

「めぐみさん、どうかされましたか」

「龍一さんが、鷲沢さんと話をつけてくると言って、朝になってから出かけたんです。どうしましょう、止めてください」

「分かりました、めぐみさんはマンションで待機していてください」

そうは言われても居ても立ってもいられなかった。

めぐは龍を幼稚園に送り出し、あてもなく鷹見を探した。

めぐの横に黒の高級車が停まり、ドアが開くと「鷹見めぐみさんですね」と男が声をかけて、めぐを車に引っ張り込んだ。

「きゃっあ」

何が起きたのか分からず、叫び声を上げたが、瞬く間に車の中に移動していた。

目の前に座っていたのは、老紳士で、杖に両手をかけた状態だった。

「お嬢さん、大丈夫かな。妊婦に手荒なことをしてしまい、申し訳ない」

「降ろしてください」

「そういうわけにはいかない、鷲沢をおびき寄せるために、お嬢さんが必要でね」

(えっ、鷲沢さん?)

(なんで私?)

(絶対に勘違いしているよね。)

「あのう、私を誰かと勘違いしていませんか」

「お嬢さんは鷹見めぐみさんだよね」

「確かに私は鷹見ですけど、鷲沢さんとは何の関係もないですけど……」

その老紳士はタブレットを取り出し、めぐに画面を見せた。

「これはお嬢さんじゃろ」

画面に映し出されたのは、確かにめぐで、鷲沢がめぐの頬の涙を拭っているところだった。

「確かに私ですが、私は鷲沢さんとは何の関係もないですよ」

「鷲沢の女ではないのか」

「違います」

「そうだったか」

「そうと分かれば、私を解放してください」

「そうはいかない」

「どうしてですか」

「ワシは三橋組組長、三橋裕太郎だ。鷲沢に刺されて、車椅子の生活を余儀なくされた」

(だから杖なの？)

「鷲沢がムショから出てきたから、この恨み果たさなければ気が収まらん」

「あのう、私を人質に鷲沢さんを誘《おび》き出そうということでしたら、残念ですが、鷲沢さんは来ないと思います」

「なぜだ」

「なぜって、危険を冒してまで助けるほど、私は鷲沢さんにとって大切な存在ではないからです」

「そうなのか」

「はい」

「呼び出してみれば分かることだ」

（鷲沢さんはこんなところにきたら殺されちゃう。

来ないよね、絶対に。）

しばらくして、鷲沢は姿を現した。

「めぐみ、大丈夫か」

（うそ！　なんできたの？）

「お嬢さん、やっぱりあんたは鷲沢にとって、大切な存在みたいだな」

「おい、三橋、めぐみに指一本触れてみろ、お前をぶっ殺す」

（えっ、鷲沢さん何言ってるの？）

「おい、鷲沢をいたぶれ、鷲沢、抵抗したら、お嬢さんが痛い目にあうぞ」

鷲沢は抵抗せず、殴られて、虫の息になっていった。

「やめて、それ以上したら、死んじゃう」

「もっと殴れ、もっとだ、あっはは」

三橋は声高らかに笑った。

（おかしい、極道の世界はおかしい。）

めぐは考えるより先に身体が動いた。

鷲沢の上に覆いかぶさった。

「やめろ」

三橋が大声で叫んだ。

「お嬢さんに免じて、今日はこの辺にしておいてやろう、鷲沢、お嬢さんに感謝するんだな」

三橋はその場をあとにした。

血だらけで骨も折れてるだろう、鷲沢の状態の上に覆いかぶさっためぐは、手が震えていた。

「おい、無茶するな」

そう言ってなんとか身体を起こした鷲沢。

「さすが、後藤のおじきの娘だな」

「全然、そんなことありません、こんなに手が震えてる」

鷲沢は血だらけの手で、めぐの震えている手を握った。

「なんで私を助けてくれたんですか」

「大切な相棒の大事な命だからな」

でも、本当は違った。

鷲沢はめぐを大切に思い助けた。

めぐに一目惚れしたことをずっと隠したまま、相棒の命としてめぐを助けたのだ。

「そう言えば、龍一さんと会ってないですか」

「鷹見？　いや会ってない」

「そうですか、話をするって朝早く飛び出して行って、冬木さんにも行方を探してもらってるんですけど」

「何の話だ」

「極道の世界に龍一さんを戻すって言ってましたよね」

「ああ、そうだったな、痛え、骨折れてるな」

「大丈夫ですか」

「だめだ、めぐみにキスしてもらわないと死ぬ」

「じゃあ、死んでください」

「ひでえ、それはねえだろ」

「それだけ話すことが出来れば大丈夫ですね」

めぐはニッコリ微笑んだ。

鷲沢は握っためぐの手を引き寄せ抱きしめた。

「きゃっ」

「俺を庇ってくれてありがとな」

そこに冬木と鷹見が駆けつけた。

鷹見はめぐの身体を鷲沢から引き離した。

「めぐ、大丈夫か」

「大丈夫です」

「久しぶりだな、鷹見」

鷹見は鬼の形相になり、鷲沢の胸ぐらを掴んだ。

「てめえ、めぐを巻き込んでどういうことだ」

「痛えよ、もっと優しくしろよ」

「龍一さん、攫《さら》われた私を、鷲沢さんが助けに来てくれたんです」

「いや、違う、お前の言う通り、お前のかみさんを巻き込んだ、すまん」

「三橋組長さんは私が鷲沢さんの女だと勘違いしたみたいです」

「だから、ちょこっとその気分を味わおうと思って、お前のかみさんを抱きしめたんだ、すげえ良かった」

鷹見は怪我をしている鷲沢を思いっきり殴った。

「きゃあ、龍一さん、なんてひどいことするんですか」

「めぐに触れるんじゃねえ」

「分かった、分かったよ」

そこに冬木が手配した救急車が到着した。

鷲沢は救急車で病院に搬送された。

めぐと鷹見はマンションへ戻った。


病院に搬送された俺は久々にボロボロになった。

女のために抵抗せず、サンドバック状態となった。

しかも、めぐみは関係ない俺を恨むどころか庇いやがった。

自分も腹のガキの命だって危ないだろうに、なんて女だ。

鷹見の気持ちが徐々に分かりはじめていた。

この女のために極道の道を捨てる。

めぐみは鷹見を愛しているんだな。

鷹見は俺を殴った時、極道の目をしていた。

奴の奥底に眠っている極道の血を目覚めさせたくないというのが、めぐみの願いというわけか。


その頃、マンションに戻っためぐは、絶対に怒られると覚悟していた。

龍の迎えを後藤にお願いして、しばらく後藤の元に龍を預けた。

マンションに戻ってから、鷹見は一言も口を開かなかった。

なんて声をかければいいのか迷っていた。

その時、鷹見が口を開いた。

「めぐ、鷲沢とどんな関係なんだ」

「どんな関係って、何の関係もありません」

「三橋組長はお前を鷲沢の女と思って、めぐを拉致した、しかも、鷲沢は抵抗もせずに殴られていたんだろう、そして俺と冬木が駆けつけた時、お前は鷲沢に抱きしめられていた」

「急に手を引っ張られたんです、庇ってくれてありがとうなって言われて」

「庇ったのか……」

鷹見は大きなため息をついた。

「あの状況を見たら、誰だってただならぬ関係だと疑われても仕方ないだろ」

「だって、自然と身体が動いたんです」

「もっと自分を大事にしろ」

「はい」

めぐは小さく頷いた。

「どこもなんともないか」

「大丈夫です」

鷹見はめぐの手を引き寄せ抱きしめた。

「めぐにはハラハラさせられてばかりだ」

「ごめんなさい」

鷹見はめぐの頭を撫でて、おでこにキスをした。

「俺はこれから出かけてくる、一人で表に出るな、いいな」

「はい」

そして鷹見はめぐに背を向けて出て行った。

第二十章　ライバル　玲

鷹見が向かった先は三橋組長の元だった。

「組長、鷹見建設会社社長の鷹見龍一様がお見えですが、いかがいたしましょう」

「通せ」

鷹見は三橋組長に話をつけに行った。

「どんな用件かな、君は鷹見組組長だった鷹見龍一くんだね」

「はい、この度そちらが拉致した、鷹見めぐみは自分の妻です。鷲沢の女と勘違いしているようなので、事実を伝えにまいりました」

「そうかい、あの女は君の妻か、しかし、あの二人ただならぬ関係なんじゃないのかな」

鷹見は握り拳を作り、怒りを露わにした。

「いいか、鷲沢はあの女を助けるために、抵抗しなかった、あの女は腹にガキがいるにも関わらず、鷲沢を庇ったんだ」

「鷲沢がどう思っての行動かは知らない。でもめぐみは優しい女だ、見て見ぬ振りは出来なかったんだろう」

三橋組長は大声で笑った。

「あっははは、おめでたい男だな、妻に浮気されてるとも知らずに」

「てめえ、めぐは浮気なんかしねえよ」

三橋組長は鷹見を杖で叩いた。

「女は浮気する生き物だ」

三橋組長は怒りが頂点に達したらしく、鷹見を杖で叩き続けた。

「組長、鷹見龍一様は堅気です、それ以上はまずいことになります」

慌てて三橋組若頭藤堂が三橋組長を制した。

「鷹見様、申し訳ありませんでした、今日のところはお引き取りください」

「めぐみに今後一切関わらないでいただきたい」

「分かりました、お約束いたします」

鷹見は身体中に傷を負って、見るからに喧嘩したような状態になった。

「やべえ」

鷹見は冬木のマンションに向かった。

インターホンを鳴らすと、冬木が応対してくれた。

「社長、どうされたのですか」

鷹見は冬木の部屋に倒れ込んだ。

冬木は鷹見を医者に運んだ。

「どうした、わけありか」

極道を見てくれる医者だ。

以前めぐみがお世話になったことがあった。

医者は手当をしてくれた。

「また、派手にやったな、龍、お前堅気になったんじゃないのか」

「俺は堅気だ、手は出してねえ」

「それで、めぐちゃんには内緒か」

「ああ」

内緒に出来るわけがなかった。

冬木にマンションに運んでもらい、インターホンを押す。

冬木に部屋に運んでもらった。

めぐは鷹見の姿を見て、言葉を失った。

「ちょっと派手に転んだ」

めぐの手が小刻みに震えていた。

冬木は何も言わずにマンションを後にした。

鷹見はめぐの手を引き寄せ抱きしめた。

「大丈夫だ、心配いらねえ、これぐらいじゃ、死なねえよ」

めぐは鷹見をじっと見つめて、目に涙を溢れさせた。

頬を涙が伝わった。

鷹見はめぐの頬の涙を拭った。

この時俺は気づいた。

(鷲沢のやつ、めぐに惚れたな。)

めぐは何を思ったか、鷹見にキスをした。

「どうした、急に」

めぐは取り乱していた。

「私が大好きなのは龍一さんだけです」

「分かってる、大丈夫だ」

めぐは鷹見の胸に顔を埋めて声を上げて泣いた。

めぐは鷹見が鷲沢のことで巻き込まれたと思った。

一方的に三橋組長に殴られたなんて、知る由もなかった。

その頃冬木は三橋組に出向き、若頭の藤堂と話をしていた。

「そうでしたか、久々にボロボロになって帰ってきたもんですから、まさかとは思っていたのですが、鷹見が手を出さなかったのなら、安心しました」

「本当に申し訳ありません、三橋はカッとなると見境がつかなくなるところがありまして、困ったもんです」

「鷹見も同じです、ですからめぐみさんは心の奥に潜んでる極道の血が目覚めないように、いつも心配しています」

「堅気の方なんですよね、鷹見様の奥様は」

「はい、でもお父上は元後藤組組長です」

「そうでしたか、でも、今後奥様には関わらないことを誓います」

「ありがとうございます、では失礼いたします」

心配しているめぐの様子で、冬木は動いた。

「めぐみさん、社長の容態はいかがですか」

「大丈夫です、でも夜中にうなされています」

「そうですか、多分はじめてのことなので、身体が悲鳴をあげているのでしょう」

「はじめてのこと？」

「ご安心ください、社長は一方的に三橋組長に殴られて、一切手は出さなかったということです」

「本当ですか、よかった」

「抵抗しないことははじめてですし、あれだけ殴られたのもはじめてです」

（龍一さん……

お願い、優しい龍一さんのままでいて。）


そんなある日、マンションのインターホンが鳴った。

「龍ちゃん、先生に頼まれて手当をしにきたよ」

玲だった。

「あら、めぐみさん、お久しぶりね」

玲は相変わらず、キャピキャピのギャルだった。

「龍ちゃんはどこ？」

「こっちです」

めぐは鷹見の寝室を案内した。

「龍一さん、玲さんが手当に来てくれましたよ」

「玲、わざわざくるなよ」

「あら、龍ちゃん、そんなこと言っていいの？　若頭だった時、いっぱい手当してあげたのは誰だったのかな」

「そんな昔のこと忘れたよ」

「ひどい、龍ちゃん、プロポーズしてくれたのも忘れたの？」

（えっ、プロポーズ？）

「いつの話してんだよ」

「龍ちゃん自身も慰めてあげてたのは私でしょ」

衝撃の言葉に戸惑いを隠せなかった。

「めぐみさん、これから手当するから、出て行ってくれる？」

そう言われてめぐは追い出された。

（あんな衝撃的な言葉聞いたあと、寝室に二人っきりって、もうどうなっちゃうの？）

めぐはリビングで何も手につかず、ウロウロしていた。

「龍ちゃん、昔みたいに慰めてあげるね」

「バカやろう、やめろ」

「もう、恥ずかしがって、かわいい」

そんな会話が聞こえて、めぐはどうしていいか分からなかった。

そのあと、静かになった。

「きゃあ、龍ちゃん、そんなとこ触っちゃだめ」

（えっ、ど、どうしよう。）

その時、ドアが開いて玲が出てきた。

「めぐみさん、ではまた明日も来ますね、龍ちゃんの性的欲求も面倒見ますね」

そう言って玲はマンションを後にした。

（性的欲求ってどういうことなの？）

鷹見に聞く勇気がなかった。


次の日、冬木が鷹見の体調を見に来た。

「社長、身体の具合はいかがですか」

「まだ、胸の辺りが息するのも辛いな、あのくそ親父め、杖で思いっきり叩きやがって」

「でも奥様が看病してくれるんで、よかったですね」

めぐはその時憎まれ口を叩いた。

「玲さんのおかげですよ」

冬木はわけが分からなかった。

「昨日玲が久々にきたんだ、手当してやるとかなんとか言ってたけど」

「そうなんですか、医者に様子見てこいとでも言われたんじゃないですか」

「ああ、そうだな」

「違いますよ、性的欲求の面倒を見てくれるそうです」

冬木は驚きの表情を見せた。

それはそうだろう。

めぐのこんな態度ははじめてだった。

めぐは自分でもわけが分からなくなって、すごく嫌な気持ちが溢れてきた。

鷹見も驚いていた。

でもすぐにめぐが玲に嫉妬しているんだと理解した。

「めぐ、玲にヤキモチ妬いてくれたのか」

「もう、知りません」

めぐは恥ずかしくなって背中を向けた。

鷹見はベッドから起き上がり、めぐを背中から抱きしめた。

冬木はそっと寝室を後にした。

鷹見はめぐの耳元で囁いた。

「めぐ、ヤキモチ妬いてくれるなんて最高の気分だ」

「もうやめてください」

「やめない」

そう言ってめぐの耳を甘噛みした。

「ああ、ん〜ん」

鷹見はめぐの後ろから胸に触れた。

めぐはのけぞって甘い吐息を漏らした。

「俺の性的欲求を満足させられるのは、めぐだけだ」

そう言って、太腿に触れた。

感じる以外出来ずにいた。

「龍一さん、すごく気持ちいいです」

「そうか、もっと感じさせてやる」

「怪我は大丈夫ですか」

「大丈夫だ」

そう言うと、鷹見はめぐをベッドに押し倒した。

股を大きく開かされて、はしたないとは思うが、我慢出来ずに下着を脱いだ。

「龍一さん、ここを舐めて」

「いいな、積極的なめぐは最高だ、たまには嫉妬の炎をメラメラと燃え上がらせるのもいいかもしれない」

「龍一さんの意地悪」

鷹見はめぐの秘所に唇を当てキスをした。

「ああ、気持ちいい」

「めぐ、そんなに腰を動かして、気持ちいいか」

そして、鷹見は指を二本一気に入れた。

蜜が溢れ出し最高潮に達した。

「まだだ、もっと感じろ」

ピクピク震えているめぐの秘所を容赦なく攻めた。

「いや、だめ、またいっちゃう」

「いいぞ、何度でもいけ」

めぐと鷹見は飽きることなくお互いを求めた。


朝、目が覚めると、鷹見はキッチンにいた。

「龍一さん、起き上がって大丈夫なんですか」

「大丈夫だよ、めぐのエロい姿を見て元気になった」

「変なこと言わないでください」

「めぐでも嫉妬するんだな」

「龍一さんが大好きですから、いっぱいヤキモチ妬いちゃいます」

鷹見はめぐの腕を引き寄せギュッと抱きしめた。

（なんて幸せなの、でも玲さんのことは気になる。

玲さんなら、龍一さんと無理矢理ことに及びそう。

龍一さんだって、強くは抵抗出来ない気がする。

でも、昔は本当に関係があったのだろうか。

龍一さんは本当にプロポーズしたの？

それならなんで結婚しなかったんだろう。

やっぱり、気になる。）

めぐは買い物に行くことを口実に冬木を呼び出した。

「冬木さん、買い物に行きたいんで、付き合ってもらってもいいですか」

「もちろんです、お供いたします」

「龍一さん、大人しくしていてくださいね」

「冬木、めぐを襲うんじゃないぞ」

「そんなことしません」

そして、冬木と買い物に出かけた。

「どちらに行きますか」

「買い物は口実なの、玲さんと龍一さんの昔が知りたいの」

「分かりました」

そして、冬木は二人のことを語ってくれた。

「玲は孤児院で育ったんです。社長もそうなので、他の組の奴らに襲われそうになったところを社長が助けて、医者に預けて、それから玲はずっと社長を慕っています」

「そうだったんですか、龍一さんは玲さんと結婚の約束してたんですか」

「お互いに一人だったら、玲の面倒は見てやると約束してたみたいです」

「そうですか、龍一さんは玲さんを抱いたことありますか」

冬木はあまりにもストレートな質問にちょっと躊躇していたが、答えてくれた。

「多分ですが、ないと思います。社長は責任負えない女は抱かないっていつも言ってますから」

「でも、玲さんが龍一さんを慰めたことはありますよね」

「あのう、それって前戯ってことですか」

「そうです、入れなくても気持ちよくなれますよね」

冬木は言葉に詰まった。

めぐはあまりのストレートな表現に気づいて「ごめんなさい、私ったらなんてことを口にしてしまって」と恥ずかしくなった。

「あっ、いえ、大丈夫です、そこまでの関係があったかどうかは分かりません」

「だって、この間だって、寝室で二人っきりで、なにをしてたんだかって思うような会話が聞こえてきたんですよ」

「社長に聞いてみたらいかがですか」

めぐは大きなため息をついた。

冬木とマンションに戻ると、鷹見の寝室から話声が聞こえてきた。

「龍ちゃん、そんなとこ触っちゃダメよ」

「お前、いい加減にしろよ」

「さ、早く服脱いで、龍ちゃんって結構筋肉あるんだね」

「ばーか、結構どころじゃねえよ、ほら」

「すっごい」

「おい、くすぐったいよ、触るな」

めぐは鷹見の寝室の前で固まっていた。

「めぐみさん、どうかされましたか」

めぐはその場に居た堪れない気持ちになり、部屋を飛び出した。

「待ってください、めぐみさん、走っちゃダメです」

めぐは何も考えられなくなって、走り出していた。

お腹の重みで転倒してしまった。

「痛い、お腹が痛い」

「めぐみさん、大丈夫ですか、すぐに救急車を呼びます」

鷹見もなんの騒ぎだと部屋から出てきた。

倒れて、苦しがっているめぐを見つけて、駆け寄った。

「めぐ、大丈夫か」

鷹見はめぐの手をギュッと握った。

「赤ちゃん」

「大丈夫だ、俺とめぐの子供だからこんなことでいなくなったりしねえよ」

「龍一さん、私……」

そこに救急車が到着して、めぐは病院へ運ばれた。

「冬木、頼む、俺も後から行く」

「かしこまりました」

めぐの手を握っていた鷹見の手が離れて、救急車のドアがバタンと閉じた。

「龍一さん」

鷹見と離ればなれになって、寂しくて、つらくて、涙が止まらなかった。

それから、めぐはしばらくして目を覚ました。

めぐの手をギュッと握ってくれていたのは鷹見だった。

「めぐ、大丈夫か」

「龍一さん、赤ちゃんは？」

「無事だ、まだ生まれてくるには早いから、ちゃんとお腹の中にいる」

「よかった」

めぐは安堵で胸を撫で下ろした。

「走ったらダメじゃないか」

「ごめんなさい、龍一さん、私のこと愛してくれていますか」

めぐは気になることを鷹見に質問してみようと決心した。

「どうしたんだ、急に」

「答えて」

「ああ、愛しているよ」

「玲さんも愛してますか」

鷹見はなんで玲のことが出てくるのか分からなかった。

「玲？　玲は俺にとって愛する対象じゃない」

「本当に？」

「ああ、妹みたいな存在だ」

「プロポーズしたんですよね」

「昔の話だ、それに俺には今、めぐがいる」

「玲さんとはその、身体の関係はありましたか」

鷹見は驚いた表情を見せた。

「ないよ」

「それじゃあ、そのええっと、慰めてもらったことはありますか」

「ない」

鷹見は迷わず即答した。

「でも、玲さんはいつも慰めてあげていたって言ってました」

「めぐに対してヤキモチ妬いたんだろう」

「えっ」

「玲の気持ちは昔から知ってた、俺をすごく好きだって。めぐと離れていた五年間、玲は積極的に俺に対してアプローチしてた。でも俺はめぐ以外考えられなかったからな、責任持てないのに、抱いたりしない」

「それじゃあ、いつも寝室で何をしていたんですか」

「ああ、何もしてねえよ、玲がお前に聞こえるように、わざといろんなこと言ってたんだ、張り合ってたんだろう」

「本当ですか」

「俺を信じられねえか」

「いいえ、龍一さんを信じます」
「ああ」

第二十一章　結婚式を挙げよう

それからまもなくめぐは女の子を帝王切開で出産した。

「めぐ、頑張ったな、かわいい女の子だ」

「はい、無事に生まれてくれて嬉しいです」

「名前なんだが、龍はめぐが付けたから今度は俺に付けさせてくれ」

「はい」

「女の子だからつぐみがいい」

「いいですね」

「やべえ、もう他の男にやりたくねえや」

鷹見は全力で家族を守ると決心した。

そんな矢先、玲が病院にやってきた。

「龍ちゃん、めぐみさん、おめでとう」

「ありがとうございます」

めぐはちょっと警戒している様子だった。

「めぐみさん、ごめんなさい」

「えっ」

「私ね、ずっと龍ちゃんが好きだったの、お互いに誰もいなかったらお前の面倒見てやるって言われて、プロポーズだと思い込んでいたの。だからめぐみさんが現れて、すごく嫌だった。しかも五年間ずっとめぐみさんを思い続けてる龍ちゃんをなんとか私に振り向かせたかったの、でもダメだった」

めぐは玲の話を聞いていた。

「だから、困らせたかったの、めぐみさんを。ごめんなさい」

「そうだったんですか、私はまんまと玲さんの作戦に引っかかってしまいました」

「冬木がね、ちゃんと他の男を見ろって、社長はもう諦めろって、だから今度は冬木に迫っちゃおうって思って」

「それいいかもな」

鷹見は二人の会話に口を挟んだ。

「玲さん、龍一さんを妹として慕ってくれるのは歓迎しますけど、女として誘惑はしないでくださいね、私、負けちゃうから」

「おい、負けねえよ、めぐに勝てる女はいねえよ」

「龍一さんったら」

「もう、熱い熱い、勘弁して」

めぐの安堵の表情に鷹見もホッとした。

めぐはつぐみと退院することになった。

そこへ龍が後藤とやってきた。

「かわいいね、名前はなんて言うの」

「つぐみだ」

「おお、かわいいな、つぐみ、おじいちゃんだぞ」

後藤はすっかり優しいおじいちゃんの顔だった。

(俺もああなるのかな。

極道のカケラもない。)

鷹見はめぐにある提案をした。

「めぐ、結婚式あげよう」

「えっ、結婚式ですか」

「堅気の世界じゃ当たり前だろ、まっ、極道の世界もあるが、三々九度なんていうのはどうもな。俺はタキシードに、めぐはウエディングドレスだ、綺麗だろうな、めぐ」

「今更、恥ずかしいです、もう母親なんですから」

「何言ってるんだ、龍もつぐみも一緒だ」

そして、鷹見は式場を押さえ、衣裳合わせと忙しい日々を過ごした。

そんなある日、鷲沢が退院して鷹見を訪ねてきた。

「なんだ、めぐみと結婚式するのか」

「ああ」

「鷲沢さん、退院おめでとうございます」

めぐがつぐみを抱いて挨拶した。

「こいつか、あん時めぐみの腹にいた赤ん坊は」

鷲沢も極道と思えない表情で、つぐみを見ていた。

「なあ、俺の会社で堅気として働かないか」

「ばかも休み休み言え、俺は根っからの極道だ、三橋にはきっちり落とし前つけてやらねえと気が済まねえ」

「そうか、死ぬんじゃねえぞ」

鷲沢はマンションを後にした。

「龍一さん、鷲沢さんを止めることは出来ないんですか」

「そうだな、あいつは極道だからな」

「そうですね」

「そういえば、明日はめぐの衣裳合わせの日だな、楽しみだな」

「龍一さんもですよ」

「俺はなんでもいいんだよ、めぐのドレス姿が楽しみだ」

「つぐみはどうしましょう、おっぱいのこともあるし、連れて行きたいんですが、向こうで見てくれる方はいますか」

「よし、後藤さんを連れて行こう」

「えっ、おじさまですか」

「後藤さんだってめぐのドレス姿見たいと思うぞ」

「そうですね」

そして後藤を連れて、衣裳合わせに出かけた。

つぐみは後藤に抱っこされているととてもおとなしい。

「おじさま、すごいですね、龍一さんよりうまいです」

「そうか」

後藤は照れ笑いをしていた。

そして何着か試着させてもらった。

「こちらは今最高に人気のあるデザインです」

「めぐ、すごく似合うぞ、後藤さんどうですか」

「めぐ、すごく綺麗だ」

「めぐ、どうだ」

「なんか恥ずかしいです、若い女性ならいいですけど……」

「いいえ、とてもお似合いですよ」

めぐは嬉しくて自然と笑みが溢れた。

そんなめぐの気持ちを察して、鷹見はそのドレスに決めた。

「このドレスでお願いします」

この日は衣裳合わせだけで終わった。

「おじさま、今日はありがとうございました」

「いやいや、お礼を言うのはわしの方だ、ありがとうな、まさかこんな嬉しい思いを味わえるなんて長生きはするもんだな」

そして、めぐと鷹見はマンションに戻った。

龍は後藤のところに入り浸りで、後藤も歳なので、龍には「おじいちゃんの様子を見てね」と頼んでいた。

つぐみもおっぱいを飲んでぐっすり眠った。

「めぐ、お疲れ様」

「龍一さんこそお疲れ様でした」

「めぐ、俺は生涯めぐだけ愛することを誓うよ」

「結婚式の練習ですか」

「俺の本当の気持ちだ」

「私も龍一さんだけ愛しています」

「知ってる、散々ヤキモチ妬かれたからな」

「もう、知りません」

「めぐ、愛してる」

鷹見の唇が首筋に触れ、背中から強く抱きしめられた。

胸を両手で大きく揉まれた。

「ああ、んんっ」

全身をなにかが走り抜ける感じを味わった。

服を脱がされ、ブラのホックが外れて、乳房がぷるんと揺れた。

鷹見はめぐを抱きかかえて、寝室へ移動した。

「めぐ、愛してる、早くお前の中に俺自身を突き刺したい」

そして、乳房を大きく揉んで、乳頭を吸った。

「いや～ん、気持ちいい」

指で摘んだり、唇で吸ったり、めぐはおかしくなりそうなくらいに感じていた。

早く下にも触れてほしい。

めぐの秘所は下着に貼り付いて濡れていくのを感じた。

鷹見はそんなめぐの状態を察して、下着の脇から指を入れた。

そして、一気に下着を脱がした。

股を大きく開き、舐め上げた。

「ああ～ん、早く入れて」

「めぐはいやらしいな、もう俺が欲しくなったのか」

「龍一さんが欲しいです」

鷹見は自分自身をめぐの秘所にあてがった。

ゆっくり、擦り合わせた。

それだけでも気持ちいい。

でも早く入れて動いてほしい。

そう思った瞬間、鷹見は自分自身を入れはじめた。

めぐはのけぞって、鷹見を全身で感じた。

「お前だけだ、他の誰でもない、俺が俺自身を入れたいのはめぐだ」

そして激しく動きはじめた。

ベッドが軋むほど激しく動いた。

「ああ、いっちゃう、もっと、もっと奥まで入れて」

「めぐは可愛いやつだ、よし、願い通り奥まで入れてやる」

「ああっ、もういっちゃう」

「いいぞ、最高潮に達しろ」

めぐは最高まで昇り詰めた。


いよいよ結婚式の当日、生涯の愛を教会で誓う。

傍らには龍、そしてつぐみを抱っこしてるおじさまがいた。

鷲沢さん、玲さん、冬木さん、ケンさん、みんな素敵な人達ばかりだ。

色々な出来事が走馬灯のように蘇る。

龍一さんとはじめて出会った日、はじめてを捧げて龍を授かった。

五年間の空白を埋めるかのように、再会した後、愛を確かめ合い、つぐみを授かった。

私の身体には実は極道の血が流れていることを知った時はびっくりしたけど、おじさまという大切な存在を神様が与えてくれた。

おじさまがいたから、龍を育てることが出来た。

それに龍のおかげで、龍一さんと五年振りの再会を果たすことが出来た。
冬木さんの助けもなければ、私は生きてこられなかったかもしれない。
龍一さんは私と龍のために堅気の道を選んでくれた。
極道として、生きてきた龍一さん。
堅気の生活は生やさしい道ではないだろう。
でも頑張ってくれている、エリート極道の鷹見龍一は堅気の世界でもエリートだ。

俺はめぐとはじめて出会った時、一目惚れをした。
だから、避妊はせずに、めぐとの結婚生活を思い描いていた。
俺の元を離れていた五年間、めぐを忘れた日はなかった。
絶対に見つけると決心していた。
龍のおかげで再会出来た。
つぐみも授かった。
俺は幸せだ。
これからめぐだけを愛して生きていく自信はある。
誰にも渡さない。
めぐのためならなんでも出来る、そして俺の宝物、龍とつぐみを守っていく。

めぐに誓った。
めぐ、これからもよろしくな。

END

著者プロフィール

ラヴ KAZU（らゔ　かず）

2020年11月１日『夜の帝王の一途な愛』で小説家デビューいたしましたラヴ KAZU（ラヴ KISS MY 改名）と申します。

この度、文芸社様より２冊目の書籍発売の運びとなりました。

俺様ヒーローが大好きで、小説投稿サイトに投稿させていただいています。この作品は、極道と世間知らずのアラフォーのラブストーリーを描いています。

エリート極道の独占欲

2023年11月15日　初版第１刷発行

著　者　ラヴ KAZU
発行者　瓜谷 綱延
発行所　株式会社文芸社
〒160-0022 東京都新宿区新宿１－10－１
電話 03-5369-3060（代表）
03-5369-2299（販売）

印刷所　株式会社晃陽社

ISBN978-4-286-24492-1